# इश्क़ कोई न्यूज़ नहीं

फ़ेसबुक फ़िक्शन : लप्रेक

# इश्क़ कोई न्यूज़ नहीं

विनीत कुमार

चित्रांकन
विक्रम नायक

सार्थक
राजकमल प्रकाशन का उपक्रम

ISBN : 978-81-267-2899-2

**मूल्य** : ₹125



**पहला संस्करण** : जनवरी, 2016
**तीसरा संस्करण** : जनवरी, 2020

स सार्थक **राजकमल प्रकाशन** का उपक्रम

**प्रकाशक**
राजकमल प्रकाशन प्रा. लि.
1-बी, नेताजी सुभाष मार्ग, दरियागंज
नई दिल्ली-110 002

**शाखाएँ**
अशोक राजपथ, साइंस कॉलेज के सामने, पटना-800 006
पहली मंज़िल, दरबारी बिल्डिंग, महात्मा गांधी मार्ग, इलाहाबाद-211 001
36 ए, शेक्सपियर सरणी, कोलकाता-700 017

वेबसाइट : www.rajkamalprakashan.com
ई-मेल : info@rajkamalprakashan.com

**मुद्रक**
यश प्रिंटोग्राफिक्स
नोएडा-201 301 (उत्तर प्रदेश)

ISHQ KOI NEWS NAHIN
*Nano Stories by* Vineet Kumar
*Illustrations by* Vikram Nayak

माँ के लिए...

विश्वविद्यालय
VISHVDYALY
NO ENTRY!!
प्रवेश निषेध
FC BANK

# अनुक्रम

# ज़िन्दगी का साथ निभाते जाना ही तो इश्क़ है...

'इश्क़ कोई न्यूज़ नहीं' का तीसरा संस्करण सौंपते हुए आपके लिए कुछ लिखने के बजाय, आप सबों के हाथों में, थोड़े वक़्त के लिए अपनी उँगलियाँ सुस्ताते हुए छोड़कर कहने का मन हो रहा है—आप पाठक मेरे जीवन रस हो। आपसे मिले प्रेम, स्नेह, भरोसे और उत्साह के बूते हम न केवल आगे लिख पाते हैं बल्कि जीने का प्रवाह भी बना रह पाता है।

दुनियाभर में तमाम किताबें आती रहती हैं। सब पाठकों के बीच पहुँचकर अपनी-अपनी जगह बनाती हैं। मुझे नहीं मालूम कि आप उन किताबों को पढ़ते हुए लेखक को लेकर कैसी कल्पना करते हैं। लेकिन इस किताब से गुज़रने के बाद आप जिस अधिकार, भरोसे और अपनेपन के साथ अपने इमोशनल क्राइसिस, ब्रेकअप, छितरा चुके मानवीय रिश्तों के दौरान मुझसे सम्पर्क करते हैं, अपनी पूरी बात उसी तरह खोलकर रख देते हैं जैसे हम ऑपरेशन थियेटर में अपना शरीर सर्जन के हाथों बेफ़िक्र सौंप देते हैं। ऐसा करते वक़्त हमारे दिमाग़ में लाज-लिहाज़, संकोच, दुश्चिन्ता, निगेटिविटी रत्तीभर भी नहीं हुआ करती, बस भरोसे का एक मज़बूत धागा हुआ करता है—ये हरे लिबास में मौजूद शख़्स मेरी ज़िन्दगी और शरीर को सामान्य कर देगा, वो सर्जन हमारे उसी भरोसे के बूते शरीर के साथ छेड़छाड़ और इलाज कर पाता है। आप इसी बेफ़िक्री के साथ अपने मुश्किल दिनों में अपना मन मुझे सौंपते हैं, बताते हुए घटनाओं का रेशा-रेशा सामने रख देते हैं, आपका ये अन्दाज़, आपकी ये ईमानदारी मुझे पहले से कहीं ज़्यादा ज़िम्मेदार और आपके प्रति प्रतिबद्ध बनाए रखती है।

एक मध्यवर्गीय भारतीय समाज में लव-रिलेशनशिप, ब्रेकअप, इमोशनल क्राइसिस या तो नकलीपन की हद तक बनावटी क़िस्सों में तब्दील हो जाया करते हैं या फिर कारोबारी मीडिया-मनोरंजन के लिए मुनाफ़ा कमाने का कच्चा माल। ऐसे में आपका इस लेखक पर ऐसा भरोसा कि यदि उसने दिल्ली को अपनी पहली गर्लफ्रेंड कहा है तो महज़ मेटाफर नहीं है और यदि वो लिखता है कि शादी हो जाने से क्या हो जाता है, तुमने मेरी चिन्ता करनी थोड़े ही न छोड़ दी तो महज़ वाक्य भर नहीं है। आपने इन कहानियों में संवेदना की वो ज़मीन तलाश ली जिसके खिसकते जाने पर आप बस ये कह पाते हैं—अब जीकर भी क्या होगा?

मेरे लिखे गए शब्द, टीवी चैनलों और वेबसाइट पर कही गई मेरी बातें आपके लिए महज़ भावनाओं का वैचारिक-साहित्यिक उत्पादन भर नहीं है, दिल्ली शहर में एक ठौर है, एक कन्धा है जिस पर अपना सिर टिकाकर भीतर की सारी कड़वाहट और दर्द को बर्फ़ की तरह पिघलने दिया जा सकता है। ऐसा आप मुझसे सम्पर्क करके लगातार एहसास कराते हैं, एक लेखक की इससे बड़ी उपलब्धि भला क्या हो सकती है?

तीसरे संस्करण की भूमिका मैं ऐसे वक़्त में लिख रहा हूँ जबकि मैं सोशल मीडिया से पूरी तरह ग़ायब हूँ लेकिन किसी-न-किसी रूप में दिल्ली की ज़हरीली हवा पर तंज करते हुए, व्हॉट्सएप्प के लिए ख़ासतौर पर तैयार किए गए मीम्स मुझ तक पहुँच रहे हैं। वजह? बस इतनी कि इस किताब की पहली पंक्ति में मैंने दिल्ली को अपनी पहली गर्लफ्रेंड कहा है। मेरे पास इस वाक्य के पीछे दर्जनों तर्क हैं। राजकमल प्रकाशन समूह को मेरा सुझाव पसन्द आया तो घटनाक्रम और ब्योरे के साथ एक किताब लिखूँगा—दिल्ली मेरी गर्लफ्रेंड। फ़िलहाल तो बस ये कि आमतौर पर इश्क़ जो हम मानवीय रिश्तों के बीच का कारोबार मान लेते हैं, मेरे लिए वो बस एक ही शब्द के इर्द-

गिर्द घूमता है—निभाना। ये शब्द अपने आपमें इतना अर्थपूर्ण है कि मुझे कभी किसी दूसरे शब्द की ज़रूरत नहीं पड़ी।

मैं इस दिल्ली शहर में पिछले सत्रह सालों से हूँ। मैं शहर में जीते हुए, इस शहर के साथ निभा रहा हूँ। इसी क्रम में गिनती भर की दोस्ती और आकार लेते चन्द रिश्ते को भी निभाता आया हूँ। मुझे हर वक़्त एक ही बात बाँधे रखती है—कहीं तो, किसी के साथ तो निभाना पड़ेगा। यानी जीवन में भीतर से आप भराव चाहते हैं तो निभाना तो होगा ही न? आपसे बहुत क्या कहना, आपने तो फेसबुक पर मज़ाक़-मज़ाक़ में शुरू की गई लप्रेक के भीतर भी जीवन-सत्त्व खोज लिया और वो किताब की शक्ल में देश और दुनिया के हिस्से में ख़रीदी-पढ़ी जा रही हैं। फिर भी, बस इतना कि जो लोग छूटने लग जाएँ, जो चीज़ें परेशां करती हों, जो शहर उबाऊ लगने लग जाए, उन्हें लेकर आप कभी मेरी तरह सोचिएगा—निभाना है...बहुत सम्भव है आप ज़िन्दगी और जीने के बीच के तर्क को पहले से कहीं पुख़्ता पाएँगे।

इश्क़ में रहिए, इश्क़ करते रहिए...

**विनीत कुमार**

नवम्बर, 2019
नई दिल्ली

# बन्दिशों के बीच का वो डिजिटल रोमांस...

दिल्ली मेरी पहली गर्लफ्रेंड है। फेसबुक जैसी बदनाम बस्ती के मुझ बाशिन्दे की सबसे सच्ची दोस्त जो उसे औकात में रखती है। यह कहने में, महसूस करने में मुझे चौदह साल लग गए। इन चौदह सालों में बैचमेट, दोस्त, कलीग, हमराज, एडमायरर, मेंटर, बॉस—अलग-अलग शक्ल में कितने लोग आए और अपनी भूमिका निभाकर चल दिये। कुछ को मैंने भी बाय कहा। जो कुछ द लास्ट लीफ की तरह जिन्दगी में बने हैं, उनकी वजह से भीतर बहुत कुछ बचा रह गया और यह दिल्ली भी।

इस शहर ने हमें कई बार उदास किया, शुरू के दो-तीन साल तो बेचैन होकर छोड़ देने का ख्याल आया लेकिन माँ की उस एक बात ने हमें रोक लिया—"तुम दिल्ली में सबकुछ घर जैसा खोजोगे तो कहाँ से मिलेगा? मन मारकर वहीं रहो, घर आओगे, यहाँ का मोह-माया दबोच लेगा।"

ठीक है कि इस शहर ने मुझे अक्सरहाँ उदास किया, लेकिन मुस्कराने के भी उतने ही मौके दिए। जिस दुपहरी डीयू के एक कॉलेज के शिक्षकों के इशारे पर सफाई कर्मचारी ने गर्दनिया देकर इंटरव्यू बोर्ड से बाहर निकाल दिया, उसी शाम यह दिल्ली न्यूज़ चैनल के जरिए इस बदनाम बाशिन्दे को एक घंटे तक सुनती-देखती रही। औकात में रखनेवाली इस गर्लफ्रेंड ने मुझे मेरी हैसियत की परवाह किए बिना बहुत गौर से सुना है। इतना गौर से शायद कोई दूसरा शहर मुझे नहीं सुनता, मौके नहीं देता। देता भी तो उसकी एवज में जो वसूलता वो शायद हमेशा के लिए मुझे 'प्रैक्टिकल' बना देता। इस शहर ने मुझ जैसे दब्बू और हायपर इमोशनल को बिन्दास और

बेखौफ बनाया। हाँ प्रैक्टिकल और शहरी बनाने में अभी तक नाकाम रहा है।

रवीश और गिरीन्द्र की तरह मेरी परवरिश में गाँव और शहर का विभाजन नहीं रहा। असल में गाँव कभी जिन्दगी का हिस्सा रहा ही नहीं। शहर चाहे जो भी हो, जहाँ माँ रहने लग जाए, वो घर है और बाकी दुनिया, बाहरी। तभी तो जो टाटानगर मेरे और भैया के लिए दो-तीन साल तक बाहरी रहा, माँ के आते ही वो हमारा घर हो गया। दुनिया के लोगों के लिए वो लोहे, इस्पात, ऑटोमोबाइल की फैक्ट्री का शहर है लेकिन हमारे लिए घर, जहाँ हम दिल्ली से कुछ दिनों के लिए वही जिन्दगी जीने चले जाते हैं जिसके लिए गिरीन्द्र हमेशा के लिए दिल्ली से वापस अपने गाँव चनका लौट गया।

मेरे परिवार में बाहरी को उसी तरह देखा गया जिस तरह रवीश के घर में शहर को। बाहर जाकर खा लेना, बाहर के लोगों के साथ देर शाम तक टिके रहना, किसी बाहरी की दी हुई चीज खा लेना—इसे घर में संस्कारहीन हो जाने की निशानी मानी जाती। जो खाना है, जो देखना है, जो कुछ कहना है, सब घर में करो। इसका एक नुकसान तो यह हुआ कि घर से राँची और राँची से दिल्ली आने पर भी मैं मिजाज से घरघुसरा ही बना रहा। अभी भी घर की बनी चीजें पसन्द आती हैं, कॉफी हाउस में पैसे किसी के भी लगें, कलेजा अपना कटता है। बैचलर्स किचन को एक व्यवस्थित रसोई देने और उसकी तस्वीरें एफबी पर अपलोड करने की वजह दरअसल उस आदत और संस्कार का दोहराव ही है।

लेकिन इसका जो बड़ा फायदा हुआ वह यह कि किसी भी बात को घर के लोगों से शेयर करने में कभी हिचक नहीं हुई। मेरे दोस्त अपने ब्रेकअप की कहानी मेरे घर आकर पूरे भरोसे के साथ सुनाते और मैं किसी लड़की दोस्त के कुछ ज्यादा ही 'अच्छी' लग जाने की बात बड़े इत्मीनान से शेयर करता रहा। घर से कभी कुछ छुपाने की

जरूरत नहीं पड़ी। फेसबुक पर कई बार मैं जब सीधे 'सलोनी के तब पीरियड्स भी शुरू नहीं हुए थे' जैसी लाइन लिखता हूँ तो लोगों को यह सब बल्गर या बोल्ड लगती है, इनबॉक्स में न लिखने की सलाह देते हैं। लेकिन माँ–दीदी की गप्प के बीच मेरे लिए यह बेहद मामूली बात रही है।

शुरू–शुरू में तो माँ के लगातार समझाते रहने की वजह से शहर कभी नहीं छूटा लेकिन बाद में मैं खुद भी इस शहर से भावनात्मक स्तर पर बँधता चला गया। अलग–अलग समय में हम इसके साथ दर्जन–भर से भी ज्यादा पहचान के साथ जीते रहे– हॉस्टलर, रिसर्चर, बेरोजगार, इन्टर्न, ट्यूटर, सिकंस (सिलेबस कंटेंट सप्लायर), मरीज, रेस्टलेस कैंडिडेट, ब्लॉगर, बावर्ची, ट्रांसलेटर, मैरिज मटीरियल और इन सबके बीच स्थायी रूप से एक किरायेदार। हम इन दर्जन–भर की पहचान के बीच खुद को खोजते रहे, इस दिल्ली से तालमेल बिठाते रहे।

हमें शहर का बाजार हमेशा अपनी ओर खींचता। मेले–ठेले की भीड़ हमें परेशान नहीं करती...सबके सब पापा के ग्राहक नजर आते। उदासी और भारी निराशा के क्षणों में मयूर विहार, पटेलनगर, किंग्जवे कैम्प की भारी भीड़वाले बाजारों में जब–तब घूमने निकल जाता। तब डुप्लीकेट चाबी बनानेवाले, मशीन का ठंडा पानी बेचनेवाले, छोले–कुलचे वाले, नीबू–हरी मिर्च में सुई धँसाकर शनिवार की आइटम बनानेवाली नानी–मौसी सबके–सब मुझे कबीर के कर्मचेतस् वंशज लगते। कनॉट प्लेस, कमलानगर, राजौरी गार्डन के दैत्याकार शोरूम के आगे उन्हीं मल्टीनेशनल कम्पनियों के नाम की सौ–डेढ़ सौ की टीशर्ट, वेस्टर्न टॉप बेचनेवाले हॉकर मुझे क्रान्तिकारी लगते रहे हैं जो किताब पढ़कर पायरेटेड हो चुकों से ज्यादा जेनुइन तरीके से अपनी जिन्दगी जी रहे होते हैं। इन सैंकड़ों नजारों ने मुझे दिल्ली के और करीब ला दिया। काम से काम रखनेवाले यहाँ के लोगों से बेवजह

बतियाता, ऑटोवाले, सब्जीवाले, प्लम्बर, इलेक्ट्रीशियन, मकान-मालकिन सबसे वैसी ही चुहल करने लगा जैसे घर के नाते-रिश्तेदारों से करता आया था। यह शहर अपना लगने लगा, पंजाबी मिक्स हिन्दी बोलनेवाले यहाँ के लोग दिलचस्प लगने लगे। जी हाँ, शहर को अपनाने के लिए गर्लफ्रेंड की तरह ही उससे बतियाना बहुत पड़ता है।

इन सबके बीच वक्त तेजी से बदला। हिन्दू कॉलेज, आर्ट्स फैकल्टी डीयू, ग्वायर हॉस्टल में पढ़ने-रहनेवाले लोग तेजी से छूटते चले गए। वो छूट गए क्योंकि उनमें से ज्यादातर की दोस्ती की वजह क्लासरूम का रजिस्टर था। अब जब रजिस्टर ही नहीं रहा तो दोस्ती कैसी? उनका छूट जाना ही अच्छा हुआ। साथ होते तो हम अपने-अपने खुरदरेपन से एक-दूसरे को छीलते-छलनी करते रहते। आजतक, लाइव इंडिया के साथ के दोस्त मीडिया की अपनी दिलफरेब दुनिया में रमते चले गए। आज भी जब इन दोस्तों, क्लासमेट की शादी, नौकरी, बच्चे के मुंडन की खबर (ज्यादातर फेसबुक के जरिए) सुनता हूँ तो चेहरे पर अपने आप ही स्माइल आ जाती है। उनसे जुड़ी मुड़ी-तुड़ी यादों में यूट्यूब पर पड़े 'मौका मिलेगा तो हम बता देंगे' टाइप के नाइंटीज के गाने मिक्स करके जब-तब 'लप्रेक' लिख दिया करता हूँ। एक-एक कर सबकी अपनी दुनिया बनती चले जाने के बीच थोड़े वक्त के लिए हम बेहद अकेले हो गए लेकिन सोशल मीडिया ने नए किस्म की रिश्तेदारियाँ पैदा कीं।

जुकरबर्ग की एकल परिभाषा फ्रेंड-फॉलोअर के बावजूद मैं किसी का भईया, कइयों का सर (जिसके कॉलेज की बाउंड्री वॉल तक से नहीं गुजरा), छोटा भाई, फ्रेंड और हमराज हो गया। बैचलर्स किचन की रिसेपी पूछते वक्त तो कई टिपिकल भौजाई टाइप से पेश आती हैं और चलते-चलते देर रात न जागने की सलाह दे जाती हैं। इनबॉक्स की वो दर्जन-भर से ज्यादा खातून हैं जिन्होंने अपनी जिन्दगी

के नाजुक-से-नाजुक किस्से साझा किए हैं और कई बार 'पर्सनल से सवाल' करने के बाद 'सॉरी' कहा। कैलिफोर्निया, टेक्सास, न्यू जर्सी में बैठी खातून ऑनलाइन होते ही पहला सवाल करती हैं—'हैव यू फीनिस्ड यॉर लंच ?' इस एक सवाल से इस बदनाम बस्ती में माँ के घर का एक टुकड़ा झाँकने लग जाता है। बलिया-बनारस-बुलन्दशहर के खातून-हजरात को मेरे स्वास्थ्य की चिन्ता हो आती है। मुझे टाइम से खाना खाने की सलाह देते हैं। केक, बिस्किट, 'डिलक्स थाली' की स्टिगर इनबॉक्स करते हैं और स्माइली तो इतने कि उनके हिसाब से मुस्कराना शुरू करूँ तो जबड़े सूजकर जामा मस्जिद का गुम्बद हो जाएँ। उन अंडर ग्रैड लड़कों पर बड़ा प्यार आता है जो मेरी देखादेखी बैचलर्स किचन की हैशटैग लगाकर अपने हाथों से बनाई चीजों की तस्वीरें फेसबुक पर अपलोड करते हैं। इनबॉक्स में मीडिया की पढ़ाई कर रहे छात्रों के आए सवाल और उनकी इच्छाएँ कई बार मुझे भीतर से तरल कर देती हैं...

यह जानते हुए कि वर्चुअल स्पेस की यह दुनिया और इससे बने रिश्ते पूरी तरह मेरे फेसबुक, ब्लॉग अकाउंट के मोहताज हैं और इनके भीतर की जिन्दगी मेरे पासवर्ड याद रखने-भर तक है, लेकिन मुझे असल जिन्दगी का ऑक्सीजन भी यहीं से मिलता है। आखिर रवीश ने जिस 'लप्रेक' की शुरुआत फेसबुक पर की और हम उसके साथ हो लिए, उसमें अपने हिस्से का ऑक्सीजन ही तो खोज रहे थे। अपनी दिन-भर की आपाधापी की जिन्दगी के बीच मेट्रो में, ट्रैफिक जाम, डीटीसी की बसों, चैनल की कैब और सबसे ज्यादा 'लप्रेक' की ब्रांड अम्बेसडर सवारी ऑटो में लिखते हुए भीतर की उसी तरलता को तो बचाने की कोशिश में लगे थे जिसके बचे रहने से ही हम बने रह सकते हैं। बदनाम बस्ती के ये लोग असल दुनिया के लोगों से ज्यादा करीब और अपने लगते हैं, असल जिन्दगी में छूट हुए लोगों से भी ज्यादा करीब। रवि रतलामी, अनूप सर, आँचल उन्नति,

इसी वर्चुअल स्पेस से मिले लोग हैं जिन्हें भावनात्मक रूप से अपने बेहद करीब पाता हूँ। प्रभात रंजन, विदुकेश विमल जैसे सीनियर ने यहाँ आकर मेरे लिखे को लगातार सराहा। अविनाश–मुक्ता, अजय सर–विभा मैम, स्वप्निल–वत्सला, मसीजीवी सर–नीलिमा जैसे खूबसूरत जोड़े से बनी आत्मीयता इसी वर्चुअल स्पेस की दोस्ती से शुरू हुई।

रवीश की 'इश्क़ में शहर होना' गिरीन्द्र की 'इश्क़ में माटी सोना' के बाद 'इश्क़ कोई न्यूज़' नहीं आपके हाथ में है। इस किताब में हमने दिल्ली से अपने चौदह साल की आशिकी को जिया है। बेहद ऊबड़-खाबड़ जमीन पर फ्रैक्चर्ड इमोशंस के साथ। रविकांत सर–सैम्या मैम, रवीश–नयना, सुदीप्ति–निरुपम, मिहिर–सुमन, पंकज भैया–पूर्वाषा, स्वपनिल–वत्सला दिल्ली के ये वो खूबसूरत जोड़े रहे हैं जिनके आगे मैं अपने इन फ्रैक्चर्ड इमोशंस की मरहम–पट्टी करता रहा। ऐसा करते हुए इनके बीच हमने कभी थर्ड पर्सन–सा महसूस नहीं किया। वन्दना, पुष्कर, 'अंकुर' सोसाइटी के प्रभात सर, अमित जैसे दोस्तों ने इस शहर में अपने लोगों के होने का अहसास बनाए रखा।

रवीश की 'इश्क़ में शहर होना' की तरह इस किताब में कुछ भी एकमुश्त नहीं है। न तो इश्क़, न ही शहर और न वो इमोशन। सबकुछ पनछोछर, बेतरतीब। बस इसलिए कि मेरे हिस्से इन चौदह सालों में ऐसी जिन्दगी आई ही नहीं जिसे गाढ़े रंगों में, शब्दों में व्यक्त किया जा सके। कपड़े की दूकान होने पर भी मैट्रिक पास होने तक पापा ने कभी भी थान से काटकर शर्ट के कपड़े नहीं दिए। रेमंड्स के टुकड़े की बाँह तो विमल की कॉलर, आगे के हिस्से में रीड एंड टेलर तो बैक अरविन्द मील का। टुकड़ों की पहनी शर्ट मेरी जिन्दगी में आकर चिपक गई। ब्रांडेड लेकिन कटपीस! लेकिन माँ ने परवरिश कुछ इस तरह से की कि अभाव की परतें जमाने के आगे उघड़कर सामने न आने पाईं। हम सरोकार वाले पैकेज में अभी–अभी तक इसीलिए

मिसफिट रहे। अभावग्रस्त दिखना माँ के हिसाब से मरीज दिखने से ज्यादा बुरा है।

मैं इन सबसे बहुत खुश हूँ कि जिस घर में कोर्स की किताब के अलावा कुछ भी खरीदा जाना अय्याशी और पैसे की बर्बादी मानी जाती रही, उस घर में भैया-दीदी-माँ सबको मेरी इस किताब की अलग-अलग और एक से ज्यादा प्रति चाहिए। घर में ही कम-से-कम एक दर्जन किताब खप जानी है। उम्मीद है कि 'इश्क़ कोई न्यूज़ नहीं' पढ़ते हुए सेंट जेवियर्स कॉलेज में पुरस्कार में मिली 'गोदान' और 'तमस' को अपने बजरंगबली की बगल में रखकर नियमित टीका लगानेवाली माँ समझ सकेगी कि किताबों को देवी-देवता के आसन से उतारकर घर में बड़े हो रहे बच्चों के बीच बाँचना असल भक्ति है। फेसबुक पर यह देखकर खुश होता हूँ कि इसी 'लप्रेक' के बहाने उन दर्जनों चुप्पा मीडिया छात्रों ने रिलेशनशिप, जेंडर, न्यूज़रूम के दोहरेपन और रोजमर्रा की जिन्दगी पर लिखना शुरू कर दिया है, जो क्लासरूम में सिलेबस से जुड़े सवाल पूछने पर भी लाज से मुंडी गोत लिया करते थे। मुझे उन दर्जनों तथाकथित सीरियस पत्रकारों, लेखकों और शिक्षकों को अब फेसबुक की डेली पैसेंजर बने देखकर सुकून मिलता है जो कभी हम बदनाम बस्ती के बाशिंदे के करीब आने पर कब्जियत शैली में, फुटनोट्स-रेफरेंस जड़ित अपने लेखों से खामखाह आतंकित करते रहे हैं।

इस खुशी में मुझे उस लड़की की बार-बार याद आ रही है जो मॉर्डन हिस्ट्री पर फुटनोट्स, बिब्लियो से लदे अपने आर्टिकल्स सामने इस भरोसे से टिका देती कि मैं अंग्रेजी क्या हिब्रू और फ्रेंच में भी लिखी होने पर भी पढ़ लूँगा। मेरा लिखा पढ़ने के पहले ही 'आप तो मेरी हिन्दी जानते ही हो' कहकर ठहाके लगाने लग जाती। लेकिन उसके लिए 'लप्रेक' हिन्दी-अंग्रेजी की बहस से अलग अचानक बिल्कुल सीरियस हो जानेवाली चीज थी। 'लप्रेक' पढ़ते उसके उस

चेहरे ने ही मुझे किताब छपवाने के संकोच से मुक्त कर दिया।

यह किताब समर्पित तो माँ को है, साठ साल की उस नॉन मैट्रिक हाउसवाइफ को जिसने मेरी तरह मार्क्सवाद, फेमिनिज्म का मशीनी-सिलेबाई पाठ नहीं किया, फिर भी वह कहीं ज्यादा प्रोग्रेसिव और जीवट वाली है; लेकिन इस किताब की सारी कहानियाँ रविकांत सर और रवीश के लिए हैं। वक्त के साथ-साथ ये दोनों मेरी जिन्दगी में कहीं ज्यादा गाढ़े घुलते जा रहे हैं। ये न होते तो यह शहर कब का छूट गया होता और क्या पता ये चलती साँसें भी...ये कहानियाँ मिहिर जैसे दोस्त को जो 'लप्रेक' का पहला आलोचक, और अपनी किताब शहर और सिनेमा वाया दिल्ली में बतौर रेफरेंस प्रयोग करनेवाला सिने-समीक्षक है। फ्रेंचेस्का ऑरसिनी मैम का शुक्रिया कि उन्होंने 'इश्क़ कोई न्यूज़ नहीं' की प्रोमो लांच करने और 'लप्रेक' पाठ के लिए SOAS (लंदन) में मौका दिया।

और 'लप्रेक' सीरिज़ के एडिटर निरुपम का शुक्रिया इसलिए नहीं कि साहस को शुक्रिया नहीं, बल्कि मिलकर गले लगाना चाहिए। हिन्दी प्रकाशन की दुनिया में वह एक दुस्साहसी सम्पादक के तौर पर हमेशा रेखांकित किया जाता रहेगा। और वैसे भी जिस जतन से पिछले नौ सालों से मेरी आढ़ी-तिरछी आदतों को सम्पादित करता आया है, उसके आगे यह काम फिर भी आसान था। विक्रम...मैं तो बस लिखता रहा हूँ, लेकिन उन्होंने तो हर 'लप्रेक' को जिया है। उनके लिए इस किताब को आप सब एक बार ज्यादा पढ़ें। किताब की खातिर मेरा फोटोशूट करते हुए मन्शेष ने मेरे भीतर के डीयू को फिर से हरा कर दिया। उसे भी प्यार...

और अन्त में राजकमल प्रकाशन समूह के दोस्तों और प्रबन्ध निदेशक अशोक महेश्वरी का शुक्रिया कि आपने फेसबुक और जिन्दगी की आपाधापी के बीच लिखे गए 'लप्रेक' को किताब के रूप में छापना पसन्द किया।

ब्लॉग-फेसबुक बदनाम बस्ती के मेरे दोस्तो! आपके लाइक और कमेंट ने 'लप्रेक' को यहाँ तक पहुँचाया है। आपका मेरा प्यार इस बस्ती को गुलजार बनाए रखेगा। आपमें से जिन्होंने इन 'लप्रेक' को फेसबुक पर पहले नहीं पढ़ा है, उम्मीद है, आप सब इसे पढ़कर अपनी प्रतिक्रिया हमें जरूर देंगे। इन्तजार रहेगा...

10 जनवरी, 2016
नई दिल्ली

**विनीत कुमार**

# दर-ब-दर दिल्ली
# हाउ चीप, सैंटिया जाने का शहर...

"पता है, तन्हाई, तुम किसी रेल–सी गुजरती भी हो न, तो भी मैं पुल–सा नहीं थर्राता?"

"क्यों, पहले तो तुम बिना गुजरे भी थर्राते थे!"

"हाँ, तब तो तुम्हारे ख्याल में हम खुद ही पुल हो गए थे न..."

"बारापुला से भी ज्यादा बड़ा?"

"ख्वाबों के पुल तो रेल के हिसाब से बनते हैं न, तन्हाई...जहाँ–जहाँ रेल का ख्याल आए, पुल बनते चले जाते हैं।"

"अच्छा, तो बन गया न इत्ता बड़ा पुल?"

"हाँ तन्हाई, वो तो कब का बन गया था...जब तुम मामू के ढाबे पर 'एक बिहारी थाली' का ऑर्डर करते ही उठकर लाने भी चली गई थी। 'छोले–कुलचे, भठूरे पर मर–मिटनेवाली तन्हाई और बिहारी थाली!' तुम्हारी क्लासमेट तान्या ने मजे भी लिए थे। तुम्हारे हाथ में से वो पहली बाइट...पता है तब वह मुझे रेड रोज नजर आ रही थी।"

"तो फिर अब थर्राना बन्द क्यों हो गया..."

"तुम अब पहलेवाली रेल–सी कहाँ गुजरती हो! ऑफिस, डेडलाइन, ईएमआई, रिसेशन—कितने सारे तो चेनपुलर हैं...मुझ तक आते–आते मेरी यह रेल पैसेंजर से भी खस्ताहाल हुई रहती है! तुम चार साल पहलेवाली दुरन्तों एक्सप्रेस नहीं हो सकती, तनु? जैसे आईआईएमसी की क्लास के बाद डायरेक्ट मेरे पास..."

"श्रुति, तुम एक घंटे के लिए सीपी आ सकती हो?"

"समर, हैप्पी ऑवर्स ऑफर के चक्कर में तू आज दिन में ही आउट हो गया? तीन घंटे बाद मेरी सगाई है...घर से दो कदम भी बाहर रखा न, पूरी सोसाइटी में हंगामा मच जाएगा कि लड़की किसी और के साथ भाग गई...जुनेजा आंटी को तो मैं सपने में भी दिख जाऊँगी कि किसके साथ हूँ।"

"तो फिर जुनेजा आंटी या अंकल को ही बोलो न कि एक घंटे के लिए साथ आ जाएँ..."

"व्हॉट! तूने ड्रिंक नहीं की हुई है, समर, तू लिटरली पागल हो गया है!"

"तू समझ नहीं रही, श्रुति, प्लीज समझने की कोशिश करो..."

"मैं नहीं समझ रही या फिर तेरा दिमाग फिर गया है! क्या बोलकर आऊँगी उनके साथ कि जुनेजा आंटी, पापा, आप चलो न सीपी; मेरा बेस्ट फ्रेंड मुझसे लिपटकर रोएगा, फिर हग करेगा, फिर लास्ट किस्स, फिर...आप हमारी साथ की कुछ पिक क्लिक कर लेना, प्लीज..."

"बस करो, श्रुति; दो मिनट में बकवास पर उतर आती हो। भटककर देखो किसी के लिए छह घंटे आउटर सर्किल में, तब समझ में आएगा।"

यही दिक्कत है किसी को खास मान लेने में; स्साली पूरी दुनिया मामूली लगने लग जाती है!

"अंतरा, तुम कन्सीव करोगी?"
"मतलब?"
"तुम कन्सीव करने का मतलब नहीं समझती?"
"तू अंतरा को अभी ठीक से जानता नहीं अर्थात...बत्तीसी झाड़कर हाथ में दे दूँगी तेरी। चार महीने की दोस्ती में यहाँ तक सोच लिया? स्साले, बस ऊपर से ही, भीतर से वही टिपिकल बिहारी...दिखा दी न अपनी औकात! मेरी प्रोजेक्ट छोड़, जाकर किसी ढंग के साइकॉट्रिस्ट से काउंसलिंग करा अपनी। तू सुन रहा है न?"
अर्थात कहाँ, बालकनी से आती उसकी परछाई सुन रही थी सबकुछ। वह तो रेलिंग पर सिर टिकाकर सुबक रहा था।
"ऐ हीरो, क्या कह दिया जो इत्ती मिर्ची लग गई? बकवास करेगा तो क्या किस्स करूँगी तेको...गर्लफ्रेंड हूँ तेरी; ये नहीं कि गलत-सलत सब में सेंटी हो जाऊँ आंटी की तरह। समझे, बेबी!"
"बस-बस, यही बात, अंतरा। तुम्हारी इसी बात ने मुझे दोस्तों के बीच मजाक बना दिया है।"
"किस बात का?"
"यही कि—वैसे तो तू हम सबके सामने चौड़ा होता फिरता है और अंतरा के सामने आते ही 'बेबी' की डायपर गीली हो जाती है। मैं बेबी नहीं हूँ, अंतरा; अर्थात् हूँ। मैं, सिर्फ टिफिन पैक करके नहीं लाता, फोटोकॉपी नहीं कराता, तुम्हारा केयरटेकर नहीं, बेस्ट हाफ हूँ। हमारे बीच 'वो' सब भी होता है...मैं उनके सामने प्रूव करना चाहता हूँ कि..."

# 4

"बस तन्हाई, अब और नहीं; चार पैग ले चुकी हो!"

"एक और, अच्छा चल, बेबी पैग।"

"नहीं, नहीं तो नहीं..."

"यार, तू बात-बात में मेरा पापा क्यों बन जाता है? इतने खूसट, क्या बोलता है तू...हाँ निष्ठुर, तो वो भी नहीं हैं।"

"हाँ, हूँ मैं तेरा पापा, ...चलो, अब बस करो।"

"नई बे, तू मेरा बॉयफ्रेंड है, अच्छा वाला...मेरा बेबी...पापा होंगे तेरे पापा।"

"हुँह, बॉयफ्रेंड...बोल तो ऐसे रही है जैसे...खैर, तू मेरे पापा को बीच में क्यों घसीट रही है, बेचारे ने तो कभी कोल्ड ड्रिंक तक को हाथ न लगाया।"

"तो तेको क्या लगता है, तेरे में है मेरे पापा बनने की क्वालिटी। मेरे पापा जितनी ग्रेसफुली पेश आते हैं, उसकी दस पर्सेंट भी हो जाए न तू तो...और वो उनका अन्दाज, लॉफ्टी वेयरिंग...तू तो हग भी करता है तो जैसे गीली फर्श पर वाइपर फिरा रहा हो! पापा, आपकी वो टाइट हग...यू ऑर दि कूलेस्ट वन...लव यू...उम्माह!"

"मोबाइल स्क्रीन क्यों गीली कर रही हो, तन्हाई...ये लो न फ्रेमवाली पिक, करो किस्स-हग जितनी करनी हो अपने पापा को।"

"तूझे उत्ती दूर से दिख गया कि किसे किस्स करा है मोबाइल स्क्रीन पे?"

"नहीं भी दिखा तो क्या! इतना बोलने के बाद कुछ भी देखने का सेंस रह जाता है क्या..."

"वाह किनारा, तू भी नाक पर से सिन्दूर ? तू प्रॉपर पंजाबी कुड़ी इस पैट्रिऑर्कल माइंड सेट की निशानी के लपेटे में कैसे! माँ ने जबरदस्ती कर दिया क्या ? तुझे मना करने में झिझक हो रही थी तो मुझे बोल देती।"

"नहीं, मैंने खुद आंटी को कहा कि आप मुझे भी नाक पर से सिन्दूर डाल दो।"

"और ये पैर, इन्हें किसने रँग दिए ?"

"सरिता भाभी ने कहा—ला मैं तुझे गुंजा बना देती हूँ।"

"खुश हो गई होंगी माँ और भाभी तो ?"

"पता नहीं, और वैसे भी मैंने अपने खुश होने के लिए किया है ये सब।"

"हाँ, पर तूने तो मेरी इज्जत रख ली। नहीं तो पता है, मुझे कितना सुनना पड़ता यहाँ कि ये पंजाबन...तो अब तुम मंगलसूत्र भी पहनोगी ? मजा आ जाएगा तब तो। टिपिकल बिहारन लगोगी फिर तो ?"

"नहीं। कोई मंगल-वंगलसूत्र नहीं।"

"क्यों ?"

"क्योंकि 'नदिया का पार' देखनेवाली इस लड़की ने वर्जिनिया वुल्फ को भी पढ़ा है।"

# 6

"यार सलोनी, हमारा जब ब्रेकअप होगा तो तुम भी उसकी कहानी 'इश्क़िया' के आरजे राहुल माकन के साथ शेयर करोगी ?"

"क्यों, हमारा ब्रेकअप किस ख़ुशी में होगा ? तुझे लगता होगा कि मेरे से अच्छी मिल जाएगी, मुझे जो मिला है वो ही बेस्ट है।"

"नहीं...फिर भी हो गया तो ?"

"हो जाएगा तो करूँगी ही। इसमें गलत क्या है ? जब हमने अपनी इश्क़ की कहानियाँ भर-भरकर लोगों से शेयर करी है तो उनका भी तो हक बनता है कि ब्रेकअप की कहानी सुनें।"

"लेकिन हमारा प्यार सिर्फ कहानी तो नहीं है न, पूरी जिन्दगी है यार ! मैं तो मर ही जाऊँगा रेडियो पर सुनकर।"

"नहीं मरोगे, रोज तो सुनते हो किसी न किसी की...कहाँ मरे ?"

"लेकिन तुम उस किसी में शामिल नहीं हो न ?"

"उस वक्त मैं 'किसी' क्या 'कोई नहीं' में शामिल हो जाऊँगी। ब्रेकअप के बाद रिश्तों-यादों को दफनाने के लिए अलग से कब्र नहीं खोदने पड़ते, शाश्वत..."

"खैर, अब सो जाओ। यह सलोनी रात में अब और ज्यादा ज्ञान नहीं दे सकती..."

"तुम मेरा कान तो छोड़ो पहले, क्षणिका, यार मर जाऊँगा।"
"तू जिन्दा रहना चाहता भी है? चल पहलेऽऽऽ"
"मैं बालकनी तक नहीं जा सकता।"
"नहीं चल सकता तो कल कैसे चला गया था। रुक, मैं ही गमला लेकर आती हूँ...ये क्या है, अब बता?"
"कल शाम में जब अकेले बोर हो रहा था न तो बालकनी में गया था। देखा, सारे पौधे सूख रहे हैं तो इसे डाल दिया कि कम्पोस्ट हो जाएगी।"
"...स्साले, सीधे बोल न कि मेरे हाथ की दलिया तेको पसन्द नहीं आई!"
"नहीं क्षणु, तुम तो सादा पानी भी उबालकर देती हो तो बॉडी में ताकत आ जाती है..."
"फिर झूठ, तुझे बस झूठ बोलने की बीमारी लगी है, जो बिस्तर पर पड़े-पड़े बढ़ती जा रही है।"
"तो ले चलो न मुझे कमलानगर, पापड़ी चाट खाने का मन है..."
"पापड़ी चाट नहीं, चाटा खाएगा...अच्छा नश्वर, तुझे एक जरा भी नहीं लगा कि क्षणिका ने इतनी मर-मरकर दलिया बनाई है तो..."
"लगा था क्षणु, जबी तो गमले में खाद बनने डाल दिया कि कल को तुम मुरझाए पौधे को खिलखिलाते देखकर ट्विट कर सको—'मेरे हाथों में वो जादू है कि नश्वर क्या, मरे पौधे भी जी उठते हैं!' "

# 8

"प्लीज क्षणिका, अब मुझे अपने कमरे पर जाने दो न... अब तो मैं ठीक भी हो गया...पिछले सात दिनों से सबकुछ छोड़कर तुम मेरे पीछे ऐसी लगी रही कि तुम्हें अपनी इनर तक वॉश करने का समय नहीं मिला..."

"अब, आई मीन...तू मेरे पीछे मेरे कपड़े भी चेक करता रहता है! मेरा मतलब है, तू ये भी नोटिस करता है कि मेरी कित्ती ब्रा, कितनी पैंटी नहीं धुली है...रियली डिसगस्टिंग यार! ...निकल, अभी निकल मेरे घर से। तू चला ही जा, यहाँ रहेगा तो तेरा दिमाग और सड़ जाएगा।"

"मैम क्षणु, आप मुझ पर क्यों नाराज होती हैं? एक मिनट, मैं दरवाजा खोलता हूँ, आप बस वाशरूम में इन करना..."

"मुझे कहीं नहीं जाना तेरे साथ, तू निकल मेरे घर से...अबी-के-अबी बस।"

क्षणिका के दरवाजा बन्द करते ही एक-एक करके उसके ऊपर सारे टँगे कपड़े गिरने लगे। वह शरमाती और समेटती कि नश्वर ने तपाक से जड़ा—"पता है, यह पुष्प-वर्षा आपके जाने के बाद मेरे ऊपर कम-से-कम दस बार होती है..."

"और तू कमीना, तब भी इन्हें इसी खूँटी पर वापिस टाँगता रहा; उठाकर वाशिंग मशीन में नहीं डाल सकता था? देख नहीं रहा कि जब खूँटी एक है तो दर्जन-भर इनर कैसे टँग जाएँगे। तूने जान-बूझकर मेको एम्बरेस्स करने के लिए किया सब...।"

"...और आप जब देख रही हैं कि एक ही खूँटी है, घर में बीमार ही सही, पर एक लड़का है तो इत्ती सारी उस पर लादी ही क्यों?"

"वो तो मेरी आदत है! ये तो तेको समझना था न...तूने ही तो कहा कि तेरे चक्कर में इसे धोने का समय नहीं मिलता...थोड़ी हेल्प नहीं कर सकता था मेरी...खैर, जाने दे...तू लड़का तो है लेकिन है तो मेरा डोरेमॉन! तेरे से क्या एम्बरेस्स होना इन्हें लेकर...बस, ये 'बीमार' वर्ड बातचीत में से हटा ले तू..."

"तुम थोड़ी देर और पास बैठो न, क्षणु! ऑफिस फोन करके बोल दो न, ट्रैफिक में फँस गई हो।"

... ... ...

"क्यों बेटू, अब अच्छी लगी न मेरे परफ्यूम की खुशबू?"
कल ऑफिस जाते वक्त क्षणिका की आँखों में अरमानी की परफ्यूम की बोतल से भी जो मोटे-मोटे आँसू थे, आज वो खुशबू बनकर तैर रहे थे...उसे लगा नश्वर साहब कल तो इसकी कीमत सुनकर ब्लास्ट हो रहे थे—'क्या इस धरती पर किसी को अरमानी की परफ्यूम रिजेक्ट करने का हक नहीं है?'—आज इसकी खुशबू के आगे कीमत भूल गए!

... ... ...

"सच कहूँ, परफ्यूम की नहीं...भूने जीरे लगे हाथ से जो पानी दिया न, उस ग्लास से आती खूशबू...तुम रोज टिफिन पैक करने के बाद मेरे पास आकर बैठ जाया करो न, इस बीमारी में मुझे तुमसे हल्दी, धनिया, जीरे पाउडर की आती खुशबू अच्छी लगती है...तुम्हारी परफ्यूम अभी मुझे हॉस्पिटल की फिनाइल और मेडिसिन की स्मेल जैसी लगती है।"
"भूने जीरे, हल्दी की फ्रेग्नेंस जाए भाड़ में! साफ क्यों नहीं कहते नश्वर कि तुम्हें मेरा मैरिज मटीरियल बन जाना ज्यादा पसन्द है जो दिन-रात चूल्हे-चौके में फँसी रहे...हद हो गई, यार! चार दिन बीमार क्या हुए, एकदम से टिपिकल हसबैंड ही हो गए?"

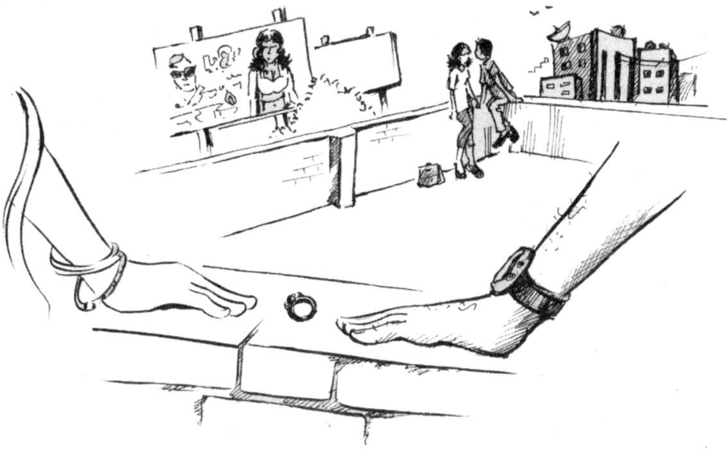

नेहरू विहार की इस छत पर अब किसी और जोड़े ने कब्जा जमा लिया था।

वह बातचीत में लगातार बीना मलिक को हॉट बता रहा था और इधर इसने मुँह फुला लिया। शरीर पर स्लीवलेस टॉप ने अपने होने का एहसास पलभर में खत्म कर दिया। वह बहस करने के मूड में नहीं थी। चुपचाप उठकर अन्दर चली गई।

अब वापस दस मिनट बाद हॉटपैंट में थी।

इन नजारों से छिटककर अबकी बार उसने खाली छत के ओर–छोर पर नजर डाली...उस पर यादें उभरने लगीं। उसकी अँगूठी देखने के बहाने उसने स्मृति का हाथ छू लिया...तभी उसने अपना हाथ वापस खींच लिया, उँगली से अँगूठी निकालकर उसकी हथेली पर धर दी।

2004 की बैच में कितनी अलग थी नेहरू विहार की यह छत जो अब दो हिस्सों में बँट गई है!

# 12

"रिएक्ट क्यों कर जाती हो एकदम से, शहर ? क्या चला जाता है ये लिखने में कि तुझे यहाँ का खाना कैसा लगा, एफबी पर तो वैसे खाना क्या, अंड-बंड कुछ भी लिख मारती हो ! तीन बार कह चुका है—मैम प्लीज फीडबैक दे दो।"

...रिकॉलिंग माई टीनएज, ओ माई मेरठ, प्लीज कम बैक इन माई लाइफ...।

"एक्सक्यूज मी मैम, यू ऑर फ्रॉम मेरठ ? आई मीन आप तब तो बेगम पुल भी जाती होंगी ?"

"जाती होंगी, मतलब ? विप्लव, मैं रहती ही वहीं थी।"

"आपको मेरा नाम कैसे पता ?"

"मैं मेरठ के एक-एक बन्दे का नाम गिना सकती हूँ, चाहे जिस भी कोने से हो...वैसे आपने बैज भी लगाई हुई है...ही-ही।"

"इट्स माई प्लेजर मैम, यू ऑर सो एन्गेजिंग, सर बहुत लकी हैं..."

"क्यों, तुम्हारी भी तो वो बहुत लकी होगी ?"

"आपको लगता है कि मुझमें कोई बात है ?"

"बात तो है ही, विप्लव; नहीं तो देखा ही न, मैंने इत्ती देर में आदेश से कितनी बात करी ? रिलेशनशिप भी न, एक समय के बाद..."

"तुम मेरठ के भाई-बहन की बात खत्म हो गई हो तो अब चले शहर वापस ?"

"तन्हाई, तुम्हें नहीं लगता अब हमारा प्यार लंगर में बँटनेवाली रुहअफजा जैसा हो गया है! दुनिया की निगाह में गुलाबी, पर अपने लिए फीका, बेस्वाद और ढंग से मीठा तक नहीं।"

"क्यों, ऐसा क्यों लगता है तुम्हें, विकल्प? मुझे तो बल्कि ज्यादा गाढ़ा लगता है। पहले हर छोटी-छोटी बात पर लड़ाई, बहसबाजी। पाजामी मुझे पहननी होती थी, कलर डिसाइड करने के लिए तू मार करता था। झाड़ी जैसे बाल तेरे होते थे, इरिटेशन मुझे हुआ करती थी। किसी को यकीन भी था कि ये दो पागल कभी शादी करके रहने लगेंगे? बट देखो, अब हम कहाँ लड़ते हैं, तुम मेरी हर बात में हाँ कर देते हो, और मैं तुम्हारी हर बात में।"

"तुम्हें लगता है इससे हमारा प्यार और गाढ़ा हो रहा है? तुम ऐसा करके कुछ मिस नहीं करती, तनु? सच-सच बोलो।"

"करती हूँ।"

"क्या?"

"हमने जिस शख्स से लड़ते हुए प्यार करना सीखा, वही लाइफ से गुम हो गया हो जैसे..."

"गलत बात, अवनि..."

"मैंने कुछ करा? वो बंदा खुल्ले पैसे के बदले टॉफी काउंटर पर ही छोड़कर जा रहा था, मैंने इतना ही तो कहा—भय्या, आपकी टॉफी रह गई।"

"इतना ही किया तुमने? पता है, वो बेचारा पहले फ्लेवर तक को लेकर पर्टिकुलर था...तुमने देखकर ऐसी स्माइल पास करनी शुरू की कि वो एम्बेरेस होकर कहने लगा—कोई सी भी दे दो।"

"मैं भी तो मेडिकल स्टोर से काली पन्नी लेकर नीचे उतरती हूँ तो बन्दे सड़ी-सी स्माइल पास करते हैं।"

"करते हैं, पर इस लड़के ने तो तुम्हें कुछ नहीं किया न, उलटे जाते-जाते 'थैंक्स दी' भी बोल गया!"

"दी...हुँह...वो तो सैंडल खाकर भी बन्दे बोलने लग जाते हैं। सब लड़के एक-से होते हैं।"

"यही बात वो भी सोच सकता है कि सारी लड़कियाँ एक-सी होती हैं।"

"यार अथर्व, तू न, तब से उसकी फेवर करे जा रहा है...मैं तो चाहती ही हूँ कि वो सोचे कि हर लड़की ऐसी ही बेशर्म होती है। मैं हर बीस-पच्चीस दिन में झेलती हूँ तब तो तू ज्ञान पेलने लग जाता है—'बोल्ड बनो, इसे इश्यू मत बनाओ।' जा, जाके बोलकर आ न उसे, इस लड़की की स्माइल को सीरियसली मत लेना; 'जो जीता, वही सिकन्दर' की एड देखते रहना।"

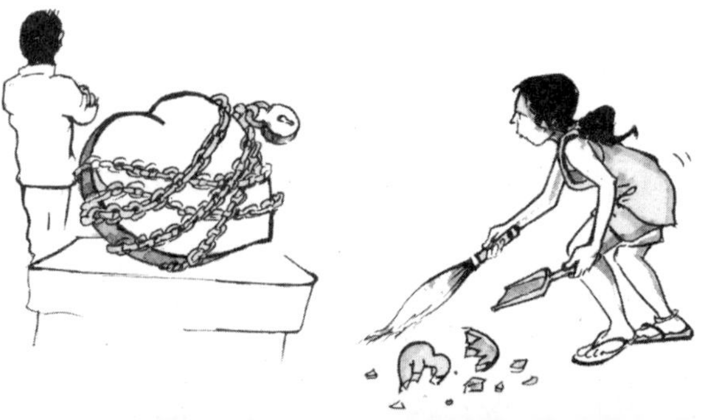

''सॉरी विप्लव, मैं थोड़ी लेट हो गई...वो क्या है न कि मम्मा के साथ थी तो...''

''थोड़ी ? पूरे दो घंटे लेट हो, मुक्ति।''

''वो छोड़, पहले ये बता, कि इस मौसम में पसीने क्यों ?''

''हाँ, ठीक ही है, वो कुछ नहीं, मुक्ति, बस...ये है कि...''

''क्या ये, बोल तो सही...''

''मुक्ति...मैं तुम्हें प्रपोज करना चाह रहा था।''

'' 'चाह रहा था' मतलब, अब नहीं चाह रहा ? और ऐसे पसीने-पसीने होकर प्रपोज करेगा तो कौन लड़की 'हाँ' करेगी, बुद्धू...''

''सोचा कहीं तुम...''

''कहीं क्या, तू नहीं करता तो मैं कर देती !''

''सच्ची, मुक्ति ?''

''ला, हाथ दे आगे, चूमकर कहती हूँ—आई लव यू...''

''अच्छा तुम आंटी के बारे में कुछ कह रही थी...''

''छोड़ न उस बात को।''

''बता न, मुक्ति, साथ थी तो क्या ?''

''मम्मा को फाइनली डिवोर्स मिल गया, विप्लव।''

''क्या ? सॉरी यार, तुम्हारे लाख मना करने पर भी आज आने को कहा...पता होता तो...''

''सॉरी क्यों, लाइफ है...जरूरी तो नहीं, सारे आजाद फैसलों के रंग एक-से हों !''

# 16

"पता है यथार्थ, उस आरजे ने कपल मूवी टिकिट देते वक्त पूछा—किसके साथ जाओगे...उसे लगा कि मैं उसका नाम लूँगी...बट"

"ये बात मैं अपने बॉयफ्रेंड से नहीं कह सकती, सिर्फ आपसे कह रही हूँ, सुनकर तो आरजे क्या कोई भी यही सोचेगा। इसमें गलत क्या है?"

"तू मेरे से टेढ़ा होकर क्यों बात कर रहा है, यथार्थ, कॉन्टेस्ट की थीम ही थी ऐसी तो मैं क्या करती?"

"क्यों, रिलेशनशिप की कोई थीम नहीं होती, नियति?"

"बिल्कुल होती है, छोटी-छोटी बातों को लेकर पार्टनर पर शक नहीं करते, फन वाली बात को फन की तरह लेते हैं।"

"पता नहीं, जो आरजे से कहा वो फन था या चार साल से मुझसे जो कहती रही वो..."

"यथार्थ, प्लीज, तुझे एफएम रेडियो की बिल्कुल सेंस नहीं है...एक-दूसरे को फ्लर्ट करना ही इसकी यूएसपी है। अब सारे बन्दे तेरे जैसे तो नहीं होते न, लॉएल्टी के नाम पर पार्टनर को बोर करते रहो बस..."

''जब तुझे ही नहीं समझ पाया तो रेडियो समझकर क्या कर लूँगा? ओफ्फ...''

''फिल्म देखने की सारी एक्साइटमेंट किल्ल कर दी तूने...तुझे पता नहीं इसी टिकिट के लिए दिल्ली की बाकी बन्दियाँ कैसे तड़प रही हैं?''

''तुम्हारी तड़प आरजे से बात करके खत्म नहीं हुई, नियति?''

''नहीं यार...मेरी तो और बढ़ गई...वैसे तो मेरी जूठी ही तारीफें करे जा रहा था...फिर भी...यथार्थ, तू थोड़ी फ्लर्ट करना सीख ले न। माँ कसम, मेरी लाइफ में फैंटेसी आ जाएगी यार...''

''और मेरी लाइफ में, नियति?''

''इस यथार्थ का काम तो प्यार के पंचनामे से ही चल जाएगा...जैसे आज करा, आगे भी करते रहना...
मैं कौन सी भागे जा रही हूँ।''

"एक बात पूछूँ, विप्लव, तू मुझे इतना टूटकर कैसे प्यार कर लेता है?"

"जैसे तुम किसी से टूटने पर मुझसे प्यार करने लगी..."

"मजाक मत कर, बोल न, तेको अपने पहले प्यार की याद नहीं आती? इसे अदरवाइज मत लेना, प्लीज; लेकिन जब्बी हग करता है न, होती तो तेरी बाहों में हूँ, बट फिसल कहीं और जाती हूँ।"

"समझता हूँ, मुक्ति...लेकिन मैंने तुझसे ये सब सीख लिया है।"

"ऐ ले...मेरे से सीख लिया और मेको ही नहीं पता..."

"मैंने तुम्हें नोटिस किया है कि तुम अपनी पुरानी जींस या कुर्ती की ऑल्टरेशन कराने के बाद जितनी खुश होती हो, उतनी नई खरीदकर भी नहीं...तुम पुराने कपड़ों की दो इंच बढ़वाकर खुश हो जाती हो और मैं..."

"मतलब, हम दोनों प्यार नहीं, कॉम्परमाइज कर रहे होते हैं, विप्लव?"

"नहीं, अपने तरीके से कस्टमाइज ... हमारा प्यार तुम्हारी कुर्ती की तरह है...नई, लेकिन फ्री साइज। ऑल्टरेशन तो पुरानी के हिसाब से ही कराना पड़ता है न?"

"तेको नहीं लगता, तू मेरा बॉयफ्रेंड कम, टेलर ज्यादा होता जा रहा है?"

"अच्छा है न, मुक्ति, पहले प्यार में हुआ पागल, दूसरे प्यार में आकर कम-से-कम रोजी-रोटी लायक तो हो गया..."

"डॉ. अम्बेडकर की किताब पर लिखी रवीश की वो लाइन याद है, संगमू—देखना यही किताब हमें हमेशा के लिए मिला देगी?"

"तेरी ये बकवास सुनने के लिए फोन नहीं करा है, मिस्टर ऋषभ, लास्ट वार्निंग दे रही हूँ—फोन पर उल्टे-सीधे मैसेज करना बन्द कर, नहीं तो..."

"अरे, कुछ तो रहा है न हमारे बीच?"

"सिम्पल-सी दोस्ती, बस। और सेम कास्ट होने से जरूरी तो नहीं कि कोई तुम जैसे घटिया इंसान से..."

"सिर्फ कास्ट सेम है, संगमू? हम दोनों एक तरह से लोगों का..."

"देख, तू अपने में मत घसीट मुझे...तू जिस फटीचर टाइप की लाइफ जीता है, कोई भी तेरे से नफरत करेगा।"

"मेरे लिए सच में, तब कितना आसान होता न जब कोई अपर कास्ट की लड़की ये सब कहती..."

"आसान अब भी है, बस एक बारी डिक्शनरी में 'क्लास' का मतलब देख ले।"

"जिस दिन तुमने 'इश्क़ में शहर होना' से वो पन्ना फाड़ा था न, खुश हुआ था...लगा, अपने बीच इस लाइन की जरूरत पड़ेगी ही नहीं... लेकिन तुमने तो पन्ना क्या, अपनी किताब ही अलग कर ली!"

"जो समझ...पर मैं रवीश की 'लप्रेक' वाली लड़की नहीं हूँ..."

# कैम्पस
# ख़्वाहिशों की काउंटर
# जम्प

"हैलो विराग, मैं दिव्या बोल रही हूँ। ये तूने ऑल इंडिया रेडियो के लिफाफे में क्या दिया है, यार? पता है, सैनी हँस रहे थे देखकर..."

"और तुम, दिव्या, साथ में तुम भी हँस रही थी?"

"नहीं, मैं नहीं, बट सोच रही थी कि इस ब्लैंक चेक में मैंने दस लाख भर दिया तो? तू तो लूट जाएगा, क्या पता चेक ही बाउंस कर जाए।"

"तुझे डर नहीं लगा, मेरे को ब्लैंक चेक गिफ्ट करने में?"

"नहीं...मैंने वो चेक मिसेज सैनी को नहीं, मिस दिव्या को दिया था। उस दिव्या को जिसने डिबेट पार्टनर होकर भी मुझसे कभी प्राइज के आधे पैसे नहीं लिए...उल्टा कभी इलेक्ट्रिक केटल तो कभी ट्राउजर खरीदकर देती रही...उसे पता था कि मेरे पास कुल वही तीन शर्ट हैं, बहुत च्वाइस नहीं है तो भी रोज ब्लैक वन पर उँगली रखकर पहनने की जिद करती। उस दिव्या से लुटने का कैसा डर?"

"अबे ढक्कन, जो लड़की तेरे जैसे लड़के को छोड़कर किसी और से शादी कर सकती है, वो तेरा अकाउंट नहीं लूट सकती?"

"शादी कर लेने से क्या होता है...उस लड़की ने मेरी चिन्ता करना तो नहीं छोड़ा न!"

देह पर बारिश की दो बूँदें पड़ीं नहीं कि हिन्दू कॉलेज की कैंटीन के बाहर वह रोमांटिक हो उठा।

“छोड़ो न, कोई देख लेगा...”, “बाबूजी आते ही होंगे...”—जैसे हिन्दी सिनेमा के डायलॉग का सबके सामने वह इतनी बार मजाक उड़ा चुका था कि अब वह कभी उसे मना नहीं करती। मजाक में बस इतना कहती—“मेरा क्या है, मैं तो कट लूँगी...मेरी गली में कौन जानता है इस अफेयर के बारे में! ब्रेकअप होने पर तेरे हॉस्टलर्स मजाक बनाते-बनाते तुझे ही जान से मार डालेंगे...करो जितना पैम्पर करना है मुझे, करो; लेकिन...”

इस बारिश में आज उसने कुछ कहा नहीं...एकदम-से परेशान हो उठी। कन्धे से दुपट्टा सरककर कब कैंटीनवाले भइया की कालीन बन चुका था, कोई सुध-बुध नहीं। वह तो कहीं और गुम हो गई थी—"हैलो, हाँ मम्मी, तो गैस-चूल्हे पर पानी तो नहीं टपक रहा न? सुनो न...कल अमेजॉन की जो पार्सल आई थी न, उसमें बड़ी-सी पन्नी थी, हाँ-हाँ, बाहर गोभी सूख रही होगी, तुम उस पर उसको रख देना न...बर्बाद हो जाएगी नहीं तो...मैं अब बस निकल ही रही हूँ..."

"ओह, कम ऑन, श्रुति, क्या दादी-अम्मा टाइप-से समझाने लगती हो आंटी को! वो सँभाल नहीं लेगी खुद से...ऐसे वक्त में...तुम भी न, अपनी पूरी गृहस्थी ही फैलाने लग जाती हो फोन पर..."

"पहले नहीं सोचा था, विशाल, मौजपुर की लड़की को गर्लफ्रेंड बनाते वक्त!"

श्रुति की पीठ पर उँगलियों से विशाल का लिखा '६३' जाने कैसे खुद उसे '३६' लगने लगा...

हॉस्टल से चलते वक्त उसने बताया नहीं कि वह मुखर्जी नगर उसे लेने आ रहा है। एक्साइटेड था कि सीधे पीजी के सामने छिछोरे की तरह लाल गुलाब घुमाएगा, बालकनी में आने को कहेगा और आते ही बोलेगा—'प-ल-ट...।' पहले तो ये बटर स्कॉच आइसक्रीम स्टार्टर, फिर पिक्का डेहली में लंच...प्लान पूरा सॉलिड बना रखा था! लेकिन... पेशेन्स कहाँ है शाश्वत में! बत्रा सिनेमा से ही कॉल पर कॉल शुरू...''उठा तो लो रश्मि की माँ...''

''भइया, आपको किसने कहा गाड़ी फर्स्ट गियर में करने को? कुछ सुनाई ही नहीं दे रहा, भड़-भड़-भड-भड़ किए जा रही है ये...''

''सर, हम पर काहे बमक रहे हैं? उधर से कुछ हैलो-हूलो बोलेंगी मैडम तब न...''

मिलने दो बच्ची को...13 मिस्ड कॉल की कीमत 13 जोरदार...

''अब यहाँ से तो बाँध शुरू हो जाएगा, भइया, कहाँ मुड़ें हियाँ से?''

''वापस हॉस्टल।''

''अरे, तो यहाँ तक क्या मेरी सीट पर इस्क्रीम रखके पिघलाने आए थे?''

''तुम्हें जितना बोल रहा हूँ, करो न!''

सुरेश की नजर ऑटो के साइड मिरर पर टिकी थी। आइसक्रीम ऑटो की सीट पर उदास दुपहरी बनकर चारों तरफ पसर गई थी...

"माइ गॉड, फेयरवेल पार्टी में तुम क्या दिख रही थी, ध्वनि..."
"सच पार्श्व, फ्रेशर पार्टी से भी ज्यादा सुन्दर?"
"सच बोलूँ?"
"बोल न मेरे, अर्णब, 'मी एंड नेशन बॉथ वॉन्ट्स टू नो द फैक्ट्स।' "
"फ्रेशर पार्टी में तुम और 'सुन्दर'? याद मत दिलाओ, प्रजेंटेबल तक भी नहीं थी तब छिपकली। मैं देखकर डिप्रेशन में आ गया था। यार इन दब्बू लड़कियों के साथ तीन साल काटने होंगे? ये क्लासरूम में मच्छर तो मार नहीं सकतीं, न्यूज़रूम में खबर क्या किल्ल करेंगी?"
"अच्छा, और तू, कैसा दिखता था, बताऊँ? मैंने तुम्हें जब अपने को एंट्रोड्यूस करते सुना न तो हँसी छूट गई थी—मैं पार्श्व, हिन्दी में शायद आप इसका मतलब न जानते हों। लेकिन अंग्रेजी में अगर समझाने को कहेंगे तो मैं अपने सीनियर से इजाजत लेते हुए अपनी ही क्लास की एक लड़की के साथ नाम जोड़कर समझाना चाहूँगा...पीछे से प्रणव सर ने कहा था—'इजाजत है, इजाजत है आउटपुट हेड।' और तब तूने टुच्चे टाइप से कहा—'आप मेरे नाम के साथ ध्वनि जोड़कर इसकी अंग्रेजी करेंगे तो होगी—Voice Over—शार्ट में वीओ। मुझे यहाँ मौका देने हेतु सीनियर्स का शुक्रिया।' "
एक नम्बर के बत्तख लग रहे थे तुम!"

"तुमने बैलेट नं. 4 को ही वोट किया था न अस्मि?"
"नहीं।"
"तो फिर, मेरे इतनी बार कहने पर भी तुमने? शेखर को पता चलेगा तो कितनी बुरी तरह हर्ट हो जाएगा?"
"क्यों बताऊँ किसे किया था...तुम कहो, कुएँ में कूद जाओ तो कूद जाऊँगी?"
"मैं कहूँगा ही नहीं, खुद कूद जाऊँगा...तुम बिना कहे कूद जाओगी मुझे बचाने।"
"तुम्हें मेरी बेवकूफी पर इतना यकीन है?"
"बेवकूफी पर नहीं अस्मि, अपने प्यार पर...क्यों तुम्हें नहीं है?"
"शायद नहीं।"
"क्यों?"
"सच कहूँ, शब्द...तेको लेकर इमोशनल भले ही हो जाती हूँ जब-तब लेकिन डर भी लगता है कभी-कभी कि जिस शख्स को लोकतंत्र के बेसिक कायदे से प्यार नहीं वो प्यार के भीतर के लोकतंत्र को जिन्दा रख पाएगा?"

"धनुष, तुम बस बोल दिया करो न जो फील करते हो, हर बार अलग से क्यों कहते हो—ये मन की बात है, रति। सिर्फ तुमसे शेयर कर रहा हूँ। पता है इस एक लाइन से मेरा तुम पर यकीन थोड़ा कम हो जाता है।"

"क्यों, रति? इसमें गलत क्या है, तुमने किसी और से देखा है इस तरह बात करते हुए?"

"नहीं, तुम्हें तो नहीं पर जिसे देखती हूँ उसमें मन मैथेमेटिक्स लगने लगता है। पता है, इस मन की बात करने लगोगे न तो हमारे-तुम्हारे बीच ऐसा कुछ भी न बचेगा जो इन्साइक्लोपीडिया में दर्ज नहीं है। फिर मन भी एक्सक्लूसिव नहीं रह जाएगा? मैं इडियम लाइफ नहीं जीना चाहती, धनुष...फीलिंग्स खत्म करके इडियम में जीकर क्या करूँगी?"

"छोड़ो न, रति, तुम इतनी डीप क्यों चली जाती हो? तुम हो न मेरे लिए एक्सक्लूसिव, ये काफी नहीं है?"

"तभी तो कह रही हूँ, तुम मुझसे बस बातें करो, क्या पता, तुम जितनी अपने मन की बात करो, मैं और बेमन होती चली जाऊँ?"

"अच्छा लकीर, तू ये जो मेरे पीछे–पीछे होलटाइमर आशिक बनकर डोलता फिरता है, मैंने किसी वेलेंटाइन पर तुझे आर्चिज के बदले शादी का कार्ड पकड़ा दिया तो?"

"तो मैं उससे तुम्हारे होनेवाले पति का एड्रेस नोट कर लूँगा।"

"क्या करेगा नोट करके, जाकर धमकाएगा क्या कि ये मेरी गर्लफ्रेंड है, शादी करी तो लाइफ हेल्ल कर दूँगा तुम्हारी।"

"नहीं, चिट्ठी लिखूँगा कि आप किनारा से शादी कर रहे हो तो ये सारी चीजें घर में हमेशा रखना। फ्रेंच किस्स के बाद उसके ओंठ झुलस जाते हैं तो लिपगार्ड रब करनी होगी। टाइट हग करोगे तो बॉडी अकड़ जाती है, वोलिनी स्प्रे करनी पड़ेगी। हाथ पकड़ना चाहोगे तो खुरदरे बताकर पूरी मर्द बिरादरी को कोसेगी, बॉडी लोशन साथ रखिएगा।"

"इत्ती पहेलियाँ क्यों बुझाएगा, लकीर, सीधे कह दे ना—लड़की वर्जिन नहीं है। तुम मर्दों के लिए ऐसा कहना कौन–सी मुश्किल बात है और उस बास्टर्ड को यकीन करने में कितने मिनट लगेंगे!"

"तुम बकवास बातें करोगी तो मैं क्या कहूँ, किनारा?"

"क्यों, तू ये भी तो कह सकता था कि हम दोनों इकट्ठे एक ही कार्ड से सबको इन्वाइट करते। कार्ड छपवाई ही क्यों, सॉफ्ट कॉपी मेल कर देती, ऐंवें कागज की बर्बादी। हमेशा निगेटिव ही क्यों सोचता है, यार।"

"मैं तुम्हें हाथी या गैंडा नजर आता हूँ, कनिका?"

"ऐसा क्यों बोल रहा है, कार्तिक, क्यों, क्या हो गया?"

"दो नान खा लेने पर भी बार-बार पूछ रही थी, तेरा पेट तो भर गया न, कार्तिक? दोस्तों के आगे तेरी क्या इंटेशन थी, मैं समझ नहीं रहा था क्या?"

"टमी निकलने पर जब इन्सल्ट फील होती है तो मुझ पर क्यों चौप हो रहा है, जॉगिंग करके अन्दर कर ले।"

"खैर, जाने दो...अर्पिता, शेफाली, तान्या सब एहसान ही मान रही होंगी तेरा कि मजे लेने के लिए किसी को तो लेकर आई।"

"तू उन लोगों को जानता नहीं...अर्पिता को तो बिल्कुल भी नहीं।"

"उस कमीनी को टमीवाले लड़के ही स्वीट लगते हैं। कहती है, वो ज्यादा इनोसेंट और कमिटेड होते हैं।"

"तो इसका मतलब है उसका बॉयफ्रेंड भी..."

"उसकी टॉपिक बन्द कर न...दूसरों की असाइनमेंट पेपर कॉपी करके पास होनेवाली बन्दी के बारे में क्या डिस्कस करना..."

"विदर्भ, चल रैपिड फायर खेलते हैं—रिलेशनशिप में लड़कियाँ ज्यादा कमिटेड होती हैं।"

"जरूरी नहीं, लड़कियाँ भी डिच करती हैं।"

"लड़के आमतौर पर चीप होते हैं।"

"लड़कियाँ उन्हें ऐसा बनने पर मजबूर करती हैं।"

"जो बात-बात में हम दोनों के बीच ऐसा कुछ नहीं है, सिर्फ अच्छे दोस्त हैं, कहते हैं, ऐसे लोगों का प्यार आगे जाकर पोस्टर हो जाता है।"

"लड़की कहती है किसी से शेयर मत करना और खुद ही पचा नहीं पाती।"

"वैसे तो ये गेम है, तेको जो मन आए बोल...बट फैक्ट बात ये है कि तू लड़कियों को लेकर बहुत घटिया सोच रखता है।"

"एनी वे...आगे चल।"

''लड़कों के लिए लड़कियों से दोस्ती टशन मारने से ज्यादा कुछ नहीं।''
''बिल्कुल सही बात।''
''लड़कियाँ हाँ कहने में देर लगाती हैं पर उसे कोई न कह दे तो उसकी रिस्पेक्ट भी करना जानती है।''
''एकदम सच्ची बात।''
''लड़के को जब्ब बी ब्रेकअप करनी होती है, बीच में फैमिली मैटर ले आता है।''
''हाँ, ये काम तो लड़के करते ही हैं।''

...

''बस, हो गया, वैशाली...सारे सवाल खत्म!''
''नहीं।''
''तो?''
''तुम अब प्यार के इस खेल में पॉलिटिक्स बतियाने लगे हो।''

गोपालपुर में अबकी बार अकेले कमरा लिया था। कैम्पस से दूर ही सही! रोज नहीं भी आएगी, लेकिन जब आएगी तो पूरे दिन कमरा और अहसास उसका होगा, उसके जाने के चार-पाँच घंटे तक उसकी परफ्यूम की खुशबू अकेले साझा करेगा—यही सब सोचकर।

यह उसकी दूसरी मुलाकात थी यहाँ—"यू नो, तुम स्लम में क्यों आ गए! पार्टनर तो चला ही जाता था न बाहर? हम हॉस्टल में आते तो कितना सेफ होते...पता है, गली में बैठी आंटीज कितनी गन्दी स्माइल पास कर रही थीं!"

"जान रही हो, ध्वनि, तुम जब हन्नी सिंह की रैप पर जम्प करती हो न तो मैं गीता दत्त में डूब जाता हूँ।"

"और जब मैं बर्गमैन की आँखों में उतरती हूँ, तो पार्श्व?"

"तो मैं नरगिस की लटों में उलझ जाता हूँ।"

"कभी मुझमें नहीं डूबते-खोते-उलझते न? गन्दे हो तुम!"

"तुम भी तो...मेरे इजहार के आगे हमेशा एक ऑपोजिशन तैयार रखती हो।"

"नहीं, गन्दी नहीं हूँ मैं...तुम किसी पर टूटने-फिसलने कहाँ देते हो, जम्प करते ही क्रेप बैंडेज बनकर आँखों में मौजूद हो जाते हो। डिटॉल की शीशी लगते हो उस वक्त तुम। नजर की क्रेम्प की वॉलिनी, इश्क़ की फर्स्ट एड किट हो तुम, पार्श्व।"

"तुम्हारे प्यार में हॉस्पिटल कुछ ज्यादा नहीं आ गया, धनु?"

"नहीं, पार्श्व, जब पता है मेरी बीमारी भी तुम हो और मेरी मोहल्ला क्लिनिक भी तुम...तो इलाज के लिए हॉस्पिटल का ख्याल क्यों आएगा, बोलो तो?"

"तेरी लाइफ में कुछ प्रॉब्लम चल रही है, तन्वी?"
"नहीं तो, क्यों, क्या हो गया, श्रुति?"
"जब तेरी लाइफ में नहीं चल रही तो मेरी लाइफ में क्यों क्रिएट कर रही, यार?"
"ऐसा क्या कर दिया मैंने, श्रुति, मैं तो बस क्लास से मेस, मेस से रूम... अपने काम में लग जाती हूँ।"
"ये मेरे लिए कम बड़ी प्रॉब्लम है। तू काम में लग जाती है और मैं...कभी सोचा है?"
"वो दो-दो बजे रात की भसड़, घर की प्रेशर वाली बातें, फ्यूचर प्लान... कहाँ गए वो सब, यार?"
"सॉरी, बट अब पहलेवाली बात तो नहीं रह गई न, तन्वी?"
"यही तो पूछ रही हूँ, क्यों नहीं रही हम दोनों के बीच पहलेवाली बात?"
"नई-नई दोस्ती है, मेरा मतलब है उसके साथ भी तो ये सब..."

"क्या, कार्तिक के साथ मैं पीरियड प्रॉब्लम्स डिस्कस करूँगी, सीसीडी में क्या कहूँगी हाथ में कॉफी मग नहीं, क्रेम्प पर हॉट वाटर बैग रख। ये कहूँगी कि हजार रुपए दे, कार्तिक, फॉर्म भरने की लास्ट डेट है?"
"तुम ही तो कहती हो—वो मेरा बेस्ट हाफ हो सकता है।"
"तो क्या हुआ, बाकी की जो मेरी पहले से बेस्ट हाफ है, ऐसे हेल्ल करेगी मेरी लाइफ? रूमी की जगह आज तक किसी बॉयफ्रेंड ने लिया है, तब्बो।"
"अभी लग रहा है, श्रुति, पर चीजें बदलते देर नहीं लगतीं।"
"नहीं, चाहे कुछ भी हो जाए, ये इडियट कार्तिक रहेगा तो हम दोनों के बीच थर्ड पर्सन बनकर ही न?"

"हमारे मिलने की वजह कॉफी ही थी न, शब्द?"

"हाँ, पर बाद में हम बेवजह भी मिलने लगे थे।"

"तू हर बार न 'पहला प्यार' टाइप की स्टोरी के लिए बाइट देने में लग जाता है, मैं सिर्फ कॉफी की उस मोमेंट्स को रिकॉल करना चाह रही हूँ।"

"तुम्हें सिर्फ कॉफी से प्यार है, मुझसे नहीं।"

"एकदम ऐसा भी नहीं है, यार, बट हाँ..तब शायद..."

"शायद क्या?"

"तब मैं शायद तुझसे...छोड़ न...तू जिस तरह चीनी–कॉफी मिक्स कर रहा था, मग में डाल रहा था न...माई गॉड, ऐसा लग रहा था उस वक्त कि तू फोर प्ले कर रहा है कॉफी के साथ...मैं तो कहीं हूँ ही नहीं सीन में..."

"तूझे कॉफी से इतनी जेलस हो रही थी! तब तो तुझे किसी और के बॉयफ्रेंड को प्रपोज करना ही नहीं चाहिए था..."

"मैं ये सबमें बिलीव नहीं करती..."

"किन सबमें?"

"कि उसका बॉयफ्रेंड, उसका बेस्ट हाफ...क्रश मतलब क्रश, प्रपोज करो, दैट्स इट...अब जिसका है, वो टैंशन ले। मेको अपनी फीलिंग्स किल्ल करके क्या मिल जाएगा?"

# लो बजट का प्यार
# आशिक़ अगेन्स्ट स्टेटस

"तुई तकदीर का सांड है विजेन्दर। ब्याहकर लाया है कमली को औ मस्ती कर रहा है मेरे साथ!"

"मस्ती, काहे तोहमत लगा रही है, माधुरी, हम तोरे साथ चाय-चुक्कड़ कर लेते हैं, घड़ी-दू घड़ी बोल-बतिया लेते हैं औ तू इसको घसीट के किधर लेके चली गई?"

"बाप रे, तुमको कमली कैसे झेलती होगी रे? तोके का लागत है, मस्ती माने सिरिफ कंडोम का खेल! इह दिल्ली शहरमा में जो चाय-कोफी पिए खातिर डेगे-डेग सीसीटी-भरिस्था खुला है, ओके में सब ओही करे जात हैं का? अरे, बड़कन लोग के पास अफरात पैसा है तो ठंडा हवा में बैठके एक कप कोफी के हमरी एक दिन की दिहाड़ी जेतना पैसा देते हैं, औ हम यहीं खुल्ला में खड़ा होके पीते हैं...बाकी काम तो हम भी ओही करते हैं, गप्प-सड़क्का, हँसी-ठहाका, मौज-मस्ती। विपिनवा के साथ कहाँ मौका मिलता है ई सब करे के?"

"फिर भी तू समझती नहीं है, लोग एका का मतलब निकालेंगे?"

"तू मेरे साथ गेट पर 'मतलब' निकालने के लिए चाय पीता है?"

"नहीं..."

"तो?"

"सुख-दुख बाँट के मन हल्का करने के लिए।"

"तो मन में—ई पूरा दुनिया का लोग हमरे बारे में का बोलत हैं—सोच के का मन हल्का हो जावेगा?"

"वाह रे रमेसर, तनखा का सारा पैसा ई बार बाले-दाढ़ी पर फूँक दिया? कैसन चमक रहा है रजेश खन्ना जैसा!"
"तू भी तो अपना साथ-साथ अशोकिया का तनखा ई साड़ी खरीदे में झोंक दी है, बिमली?"
"नय रे, ई तो सास दी है...बोली, बेटा के लिए भले माय मर जाए लेकिन बहू के नेग-धरम के लिए तो भूत बनके परकट होवे पड़ता है... अशोकिया शादी में बोलावे त छोड़ो, बताया तक नहीं; लेकिन हम तो अप्पन फर्ज निभावेंगे ही।"
"वैसे सास ने आज तुमको हेमा मालिनी बना के भेजा है दिहाड़ी पर। आज तू ई धूल-धक्कड़ वाला काम छोड़, तू बस जो ईंटा उतर रहा है न टरक से, गिनती मिला ले।"
"औ तू क्या करेगा?"
"हम? ओही, जो रोज करते हैं।"
"चल, चलके ठेकेदारजी को बोलते हैं कि आज रमेसर को भी हमरे साथ गिनती मिलावे का काम ही दे दो।"
"बिमली, ए बिमली? बतियाए हमसे रही है त देख कहाँ रही हो? यही तो बात है तोका में...जब भी प्यार लुटाते हैं तुमरा धियान खट से गुडगामा के अपने घड़ीसाज पर चला जाता है..."
"और तुमरा क्या, इधरे रहता है?"

"तुम किसी भी शादी से लौटकर इतनी खुश-खुश क्यों होने लग जाती हो, किनारा?"

"जैसे नई गृहस्थी तुम्हारी ही शुरू हुई हो।"

"हाँ, वहाँ जो लेडिज संगीत, सगाई, वरमाला, डीजे...ये सब होते हैं न, मैं उन सबसे न्यू कपल के हिस्से की थोड़ी-सी एक्साइटमेंट चुरा लाती हूँ।"

"पर तुम्हें तो ये सब बिल्कुल पसन्द नहीं। तुमने तो हमारी शादी में डीजे क्या एक शंख तक न बजने दिया।"

"वो हमारे हिस्से की आयडियालॉजी है...लेकिन इसका मतलब ये तो नहीं कि हम बाकी की शादी से भी आकर मातम मनाने लगें...ओह दुनिया कहाँ जा रही है, सबके सब पढ़-लिखकर भी ढकोसले में धँसे जा रहे हैं। सॉरी, मैं लेफ्ट के नाम पर सिनिकल नहीं हो सकती।"

"हाँ, पर मेरा तो सिर भारी होने लगता है...ये ब्राह्मणों की डिमांड, मंत्र—जाप, वो दक्षिणा...बकवास सब। एरेंज मैरिज में इन्ज्वॉय करने जैसा कुछ होता भी है?"

"तुम अभी नए-नए कम्युनिस्ट हुए हो न, लकीर, इसलिए...अपनी पुरानी एल्बम की पिक्स की भी यादाश्त चली गई।"

"तुम इसकी फोटोकॉपी भी तो करा सकती हो, तन्हाई। 17 पौंड करीब साढ़े सतरह सौ की ये किताब लेने की क्या जरूरत है?"

"विकल्प, लेने दे न। मैं कौन सी जूलरी खरीदूँगी तेरी शादी में, कपड़े पर भी तो खर्च नहीं करती, चाहे किसी भी सेमिनार में चले जाओ, लगेगा लोग फैब इंडिया कॉन्क्लेव में आए हैं...तो लोगों ने कपड़ों का शौक भी किल्ल कर दिया। पार्लर जाती नहीं, वैक्स-ब्लीच कराती नहीं, मेरे बाल तुई काट देता है...एक यही तो शौक है मेरी, मेरी जिन्दगी-मेरी साँसें। एस्सेट हैं किताबें।"

"सॉरी, आइडिया नहीं था कि इतनी मंहगी किताब खरीदने से मना करूँगा तो तुम अपनी पूरी एफबी प्रोफाइल विद लाइक्स-डिजलाइक्स सुना दोगी। वैसे राइटर्स की जिस स्ट्रगल की बात तुम अक्सर करती हो, आए दिन तुम्हें किसी न किसी से क्रश हो जाता है...मार्केट आते ही सब एक झटके में भूल जाती हो। वो सब भी तो लाइब्रेरी, जेरोक्स, जैसे-तैसे माँगकर ही पढ़ते रहे होंगे। फिर उनका रीडर... ?"

"मैं अपने कार्ड से पे कर रही हूँ, विकल्प। तू राइटर्स की अब जीवनी मत शुरू कर दे सबके सामने।"

"तो तुम्हारे कार्ड से पेमेंट करने पर उन राइटर्स की जीवनी बदल जाएगी, तन्हाई?"

"बदलेगी तो उन पर तेरे लेक्चर देने से भी नहीं, लेकिन तब से दिए तो जा ही रहा है न..."

"अबकी बारी टेबल फैन का मुँह अपनी तरफ ले जाकर फिक्स करा न, विप्लव, तो तेरा मुँह तोड़ दूँगी। गर्मी सिरिफ तेको ही लगती है क्या? सेल्फिश!"

"बस इस पंखे के घुमाने पर ही मेरा मुँह तोड़ दोगी, बाती, वैसे तो तुम बात-बात पर मेरे लिए जान देने की बात करती हो?"

"वो तो बस तेरा दिल न टूटे इसलिए...दे थोड़े न दूँगी?"

"दिल न तोड़कर भी मुँह तोड़ दोगी तो भी तो तकलीफ तो होगी ही न..."

"होगी, बट टूटे मुँह लेकर तो तू फिर भी मेरे पास रो सकता है, मेरी सिम्पथी ले सकता है...टूटे दिल लेकर कहाँ, किसके पास रोएगा, बोल तो ज़रा?"

"बस...तेरी यही बात न, बाती, आई लव यू।"

"अब तेरा मुँह नहीं तोड़ूँगी...लिटरली, आई विल किल यू।"

"चल परे हट...मेको पहले से ही बहुत गर्मी लग रही है।"

"अब गिलास में ढार दिए हैं त पी लीजिए न, मैडम।"

"नहीं बिरजू, रागिनी अब तुम्हारे हाथ की चाय नहीं पिएगी।"

"क्या बात हो गया, रघु भइया, कौनो दिक्कत, हम तो अब मैडम के कहे पर साथ-सुथरा रहे लगे हैं औ बिलैक टी भी टंच बनावे सीख गए हैं।"

"अरे नहीं, बिरजू, तुम्हारी रागिनी मैडम अब कलक्टर हो गई है, आज वो सीसीडी में कॉफी पिएगी।"

"तुम भी चलो न, बिरजू भैय्या, हमारे साथ, साथ में खाना भी खाना।"

"रहे दीजिए...रघु भैया औ आपके बीच हम कहाँ लुटकुनमा बने जाएँगे, मैडम।"

"क्यों, तुम तो एकदम से उदास हो गए। तुम खुश नहीं हो, बिरजू भय्या, कि मेरा यूपीएससी में हो गया?"

"बहुतै खुश हूँ, मैडम, बस ई सोच रहा हूँ कि ई यूपीएससी भी गजबे चीज है। एगो रिजल्ट देके सालों के परमामिंट गाहक तोड़ के सीसीडी भेजे के काम करता है।"

"रघु, तुझे पता है जिप्सी में लग्गेज रखते वक्त गीता दीदी क्या कह रही थी?"

"पूछ रही होगी कि आप दिल्ली में भी अनाथ आश्रम जाएँगी, मैडम?"

"पागल है क्या? पिछले तीन दिनों से मर-मरकर मेरे साथ ठेकुआ, निमकी, बेसन का लड्डू बना रही थी तो उसे नहीं पता था कि किसके लिए ले जा रही हूँ ये सब? बनाते वक्त पचास बार बोल चुकी—हम तो अपना जानते मेहनत से बना दे रहे हैं, मैडम, पता नहीं रघु सर को पसन्द आएगा कि नहीं? कह रही थी कि मैडम लग ही नहीं रहा है कि आप चार दिन के लिए मोतिहारी से दिल्ली जा रही हैं, लग रहा है मायके से विदा होके ससुराल जा रही हैं। नहीं तो सरकारी मीटिन में एतना लग्गेज थोड़े होता है।"

"अच्छा...तो तूने कहा नहीं कि जिसका सत्तू, अनरसा-ठकुआ खाकर कलक्टर बनी, उसे सूद सहित वापस लौटाने में तो लगेज भारी हो ही जाएगा न।"

"मैं तेरी तरह छह महीने में कुरकुरे नहीं हो गई, रघु! तू हर्ट कर सकता है किसी को भी टेढ़ा बोलकर...मैंने तो बस इतना कहा—गीता दी, तुम्हारे रघु सर की लाइफ में दिल्ली कुछ ज्यादा ही घुस गई होगी, थोड़ा-सा मोतिहारी-दरभंगा मिक्स करके आती हूँ।"

"अब तुझे मुखर्जीनगर की इस मेरी झोपड़पट्टी में थोड़े न रहनी है, रागिनी बेटा जो व्हाइट वॉश के पीछे पड़ी है। करा दूँगी बाद में फिर कभी।"

"क्यों आंटी, रघु तो रहेगा न इसी घर में। वो थोड़ा बिखेरकर रखेगा घर जानती हूँ, पर दीवारें तो साफ रहनी चाहिए न। ...एंड सॉरी हमने दीवार पर मैप, डे प्लान, चार्ट, बिन्दी चिपका-चिपकाकर पहले ही बहुत गन्दा कर दिया है।"

"हाँ पर, एक बार तूने रघु से पूछा भी है कि वो चाहता भी है व्हाइट वॉश या ऐसे ही ठीक है?"

"इसमें रघु से पूछना क्या है, साफ दीवारें किसे अच्छी नहीं लगतीं?"

"रहने दो न आंटी, रागिनी जब चाहती है कि उसके जाने से पहले दीवारों के रंग बदल जाएँ तो आप क्यों फोर्स कर रही हो? ...और वैसे भी आपके व्हाइट वॉश कराने न कराने से क्या फर्क पड़ता है...वॉश तो बहुत कुछ आप ही हो जाता है। रंग तो वैसे ही बदल जाते हैं।"

"तुम सिगरेट की फ्रीक्वेंसी तो कम कर सकते हो न, विप्लव?''
''तो तुम्हारा हर वीक वैक्स के लिए पार्लर जाना जरूरी है, चेतना?''
''पार्लर शौक से नहीं जाती, तुझे ही चार दिन में ही कैक्टस की तरह चुभने लगती हूँ मैं।''
''ब्लैक कॉफी की आदत किसने लगाई है?''
''रोज डिनर के बाद बिना कॉर्नेटो के किसकी जान निकली जाती है?''
''तो ओला कैब के बिना दिल्ली में कौन चार कदम चल नहीं सकता?''
''मैं तेरे पैसे से सिगरेट नहीं पीता, कैब के पैसे तुम देती हो?''
''क्यों वैक्स के लिए तेरी आंटी के पार्लर जाती हूँ?''

... ... ...

''सॉरी चेतना, मुझे इतनी छोटी-छोटी चीजों के लिए... ?''
''नहीं विल्पव, मैं ही कुछ ज्यादा रिएक्ट कर गई...मुझे आंटीवाली बात नहीं करनी चाहिए थी।''
''हम मीन होते जा रहे हैं न, चेतना? औरों की तरह छोटी-छोटी बातों पर...''
''नहीं विपल्व, हम मीन नहीं हुए हैं...बस, अचानक से हम दोनों ही बेरोजगार हो गए हैं।''

"कमलानगर की पटरियों से दो सौ–ढाई सौ की हॉट पैंट के लिए मार करनेवाली सुगन्ध को अब एली और वॉग के भी एपियरल्स पसन्द नहीं आने लगे। तुम शॉपिंग से बोर हो जाती हो, सुगन्ध, या मेरी कम्पनी से चट गई हो ?"

"नहीं पराग, किसी चीज से भी नहीं। बस ये कि फालतू में, ऐवें पैसे क्यों बर्बाद करना। होती तो हैं मेरे पास सारी चीजें।"

"होती तो तब भी थी, सुग्गू...लेकिन तब रोज चीजें कम कैसे पड़ जाती थीं...याद है एक बार तूने डीआरडीओ के फॉर्म के पैसे से क्या लिए थे ? प्रशान्त सर से उधार लिए थे मैंने, तो भी। आठ सौ की...जिसे कि मेरे अलावा कोई..."

"पराग, प्लीज। ऐम्बेरेस मत करा कर। सब याद है। तब मुझे तुम्हारा आए दिन फॉर्म भरना फालतू का खर्च लगता था और इन सब पर खर्च करना जरूरी। तब हम प्यार में बिल्कुल से नए थे न..."

"तो आज जरूरी क्यों नहीं है, सुगन्ध...आज तुम्हें नहीं लगता कि पराग के सामने ऐसी दिखूँ कि वो एकदम से एक्साइटेड हो जाए ?"

"पराग को अब मुझे देखने से नहीं, ये दिखाने से एक्साइटमेंट होती है कि वो अब कुछ भी खरीद सकता है। लेकिन लाइफ में स्ट्रगल के बदले स्टेटस आ जाए तो किसी एक की एक्साइटमेंट को तो मरना ही होता है, न पराग।"

"ए बेबी, रोज–रोज के इस बोरिंग खाने को गोली मार, चल न चायना बॉल में चिकन मोमोज खाके आते हैं।''

''सवारी वाला नौटंकी आज फिर शुरू कर दी। हाथ–मुँह धोवो, घिया–चना की सब्जी है, खाके चुपचाप सुतो औ हमको भी सोने दो। सुबह उठके डूटी पर जाना है।''

''बेब, कमऑन...चलो न। हम तुमको ब्याह के लाए हैं तो गर्लफेंड किसको बनावें...बोलो।''

''सौ रुपया में एक प्लेट मोमोज खिला देवे से हम तुमरा गल्लफेंड हो जांगे।''

''तो क्या करने से हो जाओगी? बोलो न, वही करेंगे।''

''मुँह मत खोलवाओ, शोखी, सुतो चुपचाप।''

''नहीं बिन्दो, खोलो न, हम जब पूरा दिल खोलके बैठे हैं तुमरे लिए तो तुमको का प्रॉब्लम है मुँह खोले में...''

''इससे बढ़िया रहता है उधरे से चार ठिप्पी पीके आता है, जिस दिन जोड़ा–जोड़ी सवारी बैठा के लौटता है, गारी–गलौज पर भारी पड़े लागत है ई चुम्मा–चाटी। का बोलें—हमको तुमरा बात, चाल–चलन अच्छा नहीं लगेगा त करने दोगे हमको ब्रेकअप? तब तो पूरा कुल–खनदान की इज्जत औ देवी–देउता का किरिया कसम खिलावे लगोगे। दिमाग बन्द करके, चला है हमरे लिए दिल खोले, गल्लफेंड बनावे!''

"सभ्यता, तुमको स्कूटी मिलेगा त तुम भी एसएससी का कोचिंग धर लोगी ?"

"नय बे, तुम मेडिकल के तैयारी बोलके पल्सर लिए थे त कर लिए का ?"

"कोचिंग-फोचिंग का बाद में देखा जाएगा पहले तुमको पीछे बैठाके सुबह अशोक राजपथ ले जाके सत्तू की कचौड़ी और घुघनी का नश्ता करावेंगे, दुपहरिया में चलेंगे फ्रेजर रोड डोसा खाने और शाम को एग्जिविशन रोड में साथे चलेंगे समान ताड़ने।"

"स्कूटी मिलने के बाद हम क्वालिटी टाइम बिताएँगे या इस तरह रैली को सम्बोधित करेंगे दिन-भर ?"

"इश्क़ की रैली निकालेंगे, अतीत, जिसमें हर स्कूटी के पीछे उसका दोस्त बैठा होगा।"

"लेकिन संस्कृति-रक्षक लोग रोककर पूछेंगे कि इसी काम के लिए आपलोग को हमरी सरकार स्कूटी दी है तो ?"

"तो बोल देंगे, रे बकलोल, तू बिना पीछे पीठ पर बस्ता लादे मैट्रिक पास किया है रे जो हम जिन्दगी पास कर जाएँगे ? ई हमरा लाइफ का बस्ता है। फूटो यहाँ से, हमरी सरकार हमको आजाद होने, सशक्त होवे के लिए स्कूटी दी है त हम तय करेंगे कि हमको कैसे आजाद होना है कि तुम डिसाइड करोगे ?"

"लेकिन सुगरु, सरकार को बोलके स्कूटी छिनवा लिया तो ?"

"तो तुम कौन-सा मेडिकल कोचिंग ज्वॉयन कर लोगे इस बीच, फिर तो बाइक पर रैली क्या रैला निकालेंगे।"

"हमका से कौन बात के परदा, बिस्नु?"

"फिर भी पुष्पा, गाड़ी-घोड़ा से केतना आदमी गुजरता रहता है...तू एकदम से बुश्शट तो बुश्शट, संडो गंजी उतारे खातिर मार करे लग जाती है।"

"संडो गंजी उतारता है तभी हमरा प्यार चढ़ता है, रे बिस्नु..."

"तो जब पहिने रहते हैं तो तेरा प्यार उतर जाता है क्या, पुष्पी?"

"उतरता नहीं है, बस लय गड़बड़ा जाती है।"

"खोल देता है न तो तुमरा देह पगडंडी लगे लगता है हमको..."

"हमरा हाथ तुमरा पुष्पी बनके धीरे-धीरे चले लगता है ओके पर।"

"तू पागल हो गई है, पुष्पी, कविता करे लगती है जब-तब"

"कविता हम नहीं करत हैं, तुमरा उघार देह कविता का पन्ना है, हम तो बस लैन-बाई-लैन पढ़ते हैं।"

"पागल औरत हमरे देह पर चाहे जो देख ले, बाकी के लिए तो बेशरमी ही है न, पुष्पी?"

"दुनिया अभी एतना बेशरम कहाँ हुई है, बिस्सु कि हाड़चूर मेहनत औ पसीना से देह पर बनल छापा देख सके।"

"गाड़ी-घोड़ा के लायट में तो सबको लगेगा तू पीयर गंजी पहिन के लेटल है..."

"पता है, आकृति, तुम प्रॉपर डिनर लेती हो न, स्मृति ने तो एक एग रॉल खाया, हो गया डिनर! उसके चक्कर में मैं भी भूखा ही रह जाता था।"

"तुम भी तो सीरियलवाली बहू मटीरियल बन गए थे उसके प्यार में... और कमलानगर से गुप्ता कॉलोनी, पैदल चलाकर मार देती थी यार... तुम तो ऑटो से चलने में मान जाती हो।"

"क्यों तुम्हें दस रुपए की फटफट सेवा लेने में इज्जत चली जाती थी?"

"ये अच्छा है कि तुम्हें घरवाली हॉट पैंट और राउंड नेक टी में, कमलानगर चलने में कोई दिक्कत नहीं होती। उसे कहो चलने कहो तो फैब इंडिया की कैटलॉग में खो जाएगी।"

"यार निशान, तू मेरी तारीफ बन्द कर दे प्लीज, सफोकेशन होती है।"

"लड़कियों को भी कभी अपनी तारीफ से सफोकेशन होती है, अक्कु?"

"बट मुझे होती है।"

"पर क्यों?"

"मुझे कॉकटेल पसन्द नहीं है, निशान! मेरी तारीफ चाहे जित्ती मर्जी कर ले, बट जीता तो उसी की ही शिकायत में है न...मैं तारीफ में भी तुम्हारे करीब नहीं और कोई शिकायत में भी तुमसे दूर नहीं...सो अपनी ये तारीफ उसी की शिकायत में मिक्स कर ले..."

# न्यूज़रूम : ख़बरें मरती हैं, इश्क़ नहीं...

"अरे पेनड्राइव, तुम यहाँ? फिर से दिल्ली ज्वाइन किया क्या?"

"नहीं सर, आपको इनवाइट करने आया था, नेक्स्ट वीक मेरी सगाई है तो..."

"गुड, गुड वेरी गुड...और क्या हाल है उस लड़की का जिसकी तू पैकेज कटवाता फिरता था?"

"अस्मि, सर?"

"हाँ, अस्मि। गजब की चालू बन्दी थी वो भी! बता, इतनी हेल्प करता था उसकी तू और गिफ्ट में क्या दिया—पेनड्राइव...सॉरी मुझे तेरा यही नाम याद आता है।"

"कोई बात नहीं, सर, वैसे आपका ये पेनड्राइव अब मेरी लाइफ की हार्ड डिस्क होने जा रहा है।"

... ... ...

"अस्मि, तुम!"

"हाँ सर, आरम्भ ने कहा साथ चलकर सर को इनवाइट करते हैं।"

"हद कमीने हो, यार, तुम दोनों, अपने एक्स बॉक्स से ही मजाक। पहले से व्हॉट्सअप करके नहीं बता सकते थे, गुप्ता को कहता अस्मि के हिसाब के पराँठे बनाए।"

"सर, आपने ही तो सिखाया है कि खबर में थोड़ी ट्विस्ट दो, टैंजीपना लाओ तो आ गई अचानक।"

"हाँ पर तेरा ये हार्ड डिस्क तो इंटर्नशिप के बाद बॉम्बे चला गया था, फिर ये सगाई के फैसले तक कैसे पहुँच गए? ...दो-चार दिन फॉलोअप न करो तो ख़बरें भी..."

"सर, न्यूज़रूम में खबरें मरती हैं, इश्क़ तो तब भी आबाद रहता है।"

"ठीक डेढ़ बजे उसने फोन किया था—स्टोरी हो गई तुम्हारी? कब तक वापस आ रहे हो?"

"जस्ट वेट...टेन मिनिट्स...मन्दिर मार्ग तक आ गया...कमिंग, डियर... तुमने लंच कर लिया...न किया हो तो रुक जाना न, प्लीज! अच्छा, भूख लगी हो तो कर लेना, पर चाय मत पी लेना। मैं सीधे चाय लूँगा तुम्हारे साथ, लंच स्किप करके..."

"मैं मिश्रा सर को यही बोल दूँ कि लंच मत कीजिए, सर, वेट कर लीजिए...वैभव दस मिनट में आ रहा है..."

"पागल हो क्या, क्या बके जा रही हो! यह बात तो मैंने तुम्हारे लिए कही है, मिश्रा सर कहाँ से आ गए?"

"लेकिन 'कब आ रहे हो'—यह मैंने नहीं, मिश्रा सर ने पूछा है; तो जवाब भी तो उन्हीं को देना है न मुझे! मैं असाइनमेंट डेस्क पर हूँ। आज कैब कम है और यूनिट भी फँसी है। तुम्हें वहाँ के बाद फरीदाबाद में लगी आग कवर करने जाना है।"

"लेकिन यार वैदेही, मैं तो...सुनो न, तुम मिश्रा सर से पूछ सकती हो—सर, आपने इंटर्नशिप किसी चिड़ियाघर में जाकर की थी? प्लीज, पूछकर बताओ न। मैं तब तक आता हूँ। ये स्साला मिसरा...कहने को प्रोड्यूसर है, किलर है किलर!"

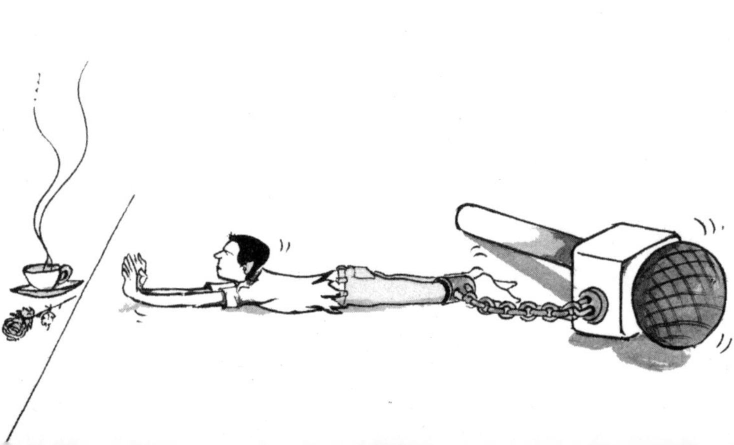

**फायर** करने से पहले इकतीस दिसंबर पर बनाई स्पेशल पैकेज को उसने एक बार फिर बारीकी से देखा—'ऑसम...ऑसम!! इस बन्दी में बात तो है। जिस स्टोरी के पीछे लगती है, अपना कलेजा काटकर रख देती है! क्या लाइन लिखी है—'आज साल की आखिरी रात है, नए साल की सुबह जैसी रंगों से लबरेज; लेकिन जरा उनके बारे में सोचिए जिनकी जिन्दगी नए साल की सुबह में भी काली रात जैसी उदास होगी...रात के जले पटाखे जैसी बेजान!'

''वॉइस ओवर तो ठीक है न, अभिनव?''

वीओ सुनकर मेरे जैसे प्रोफेशनल आदमी की आँखें भी गीली हो गईं—

''तुम्हें नहीं पता कि तुमने क्या बना डाला है? जाओ, अब ऐश करो।''

''क्या कर दिया अभिनव, बताओ तो सही।''

''बताऊँ? रहने दो, चारों चरफ सीसीटीवी कैमरे लगे हैं...''

''हुँहऽऽऽ...जैसे न लगे हों तो ऐसा कुछ करोगे कि बाकी दुनिया लेमनचूस लेने चली जाएगी। स्साला, इजहार को भी ब्रेकिंग न्यूज़ जैसी फिसड्डी चीज बनाकर छोड़ देता है, बत्तख कहीं का!''

''तुमने कुछ कहा, आकृति?''

''नहीं तो...मैं तो बस ये कह रही थी कि इस पैकेज का शायद यंग कपल पर वेलेंटाइन डे जैसा इफेक्ट हो।''

"किसी दूसरे बैंक के कार्ड से किसी और बैंक की एटीएम से पैसे निकालने में तुझे कौन-सा मजा आता है, नीलिमा, जिसके लिए यहाँ वीडियोकॉन टावर आती है? वैसे तो तू मुझे बड़ा ज्ञान देती फिरती है कि क्यों दूसरे बैंक की एटीएम से वि 'ड्रा करके पैसे कटाते हो?"

"अच्छा, तो तू फिर क्यों झंडेवालान की इस सड़ी-सी गली में 'आई-10' भिड़ा देता है जहाँ बाइक तक के निकलने की जगह नहीं होती?"

"वो तो बस इसलिए कि उधर श्मशान के सामने से घूमकर न जाना पड़े।"

"और मैं तो बस चेक करने के लिए कि तीन सालों में इस एटीएम मशीन की हालत सुधरी कि नहीं?"

"बनो मत, तुम इसमें इसलिए जाती हो कि उस गार्ड को चमका सको जो तुझे देखते ही कहता था—मैडम, इसमें सौ के नोट नहीं हैं।"

"और स्साले तू! उत्तरांचल ढाबे वाले उस भैय्या के आगे रौब झाड़ने के लिए जो तुझे देखते ही कहते थे—आज भी आपकी फ्रेंड गई है एटीएम से पैसे निकालने? कोई नहीं...आप क्यों वेट कीजिएगा, लीजिए डिलक्स थाली, मैडम का वेट हम कर लेंगे।"

"तुम न्यू इयर में क्या रिज्यूलेशन लेने जा रहे हो, अभिनव ?"
"मैं ? मैंने तय किया है कि जिन्दगी पैकेज और स्टोरी की तारीफ सुनने के अलावा भी बहुत कुछ है।"
"मतलब ?"
"मतलब ये कि कोई अगर तुम्हारी स्टोरी की, पैकेज की तारीफ करे तो ये तुम्हारी भी तारीफ होती है...तो मैंने अब ये डिसाइड किया है कि जो भी तारीफ करेगी, उसे मैं अपनी तारीफ समझकर उसके प्रति सीरियस होऊँगा। आखिर पर्सनल लाइफ की शुरुआत तो प्रोफेशनल लाइफ की सीढ़ियों से गुजरकर होती है।"
"और तुम ?"
"मैं अब किसी भी हाल में पर्सनल लाइफ में प्रोफेशनल लेबल की प्रेज, एंडोर्समेंट को मिक्स नहीं होने दूँगी। मतलब कोई यदि मेरी स्टोरी की तारीफ करता है तो मैं उसे अपने काम की तारीफ समझूँगी, अपनी नहीं। पहले जैसा नहीं..."
"तुम काम और खुद की तारीफ का अन्तर कर लोगी इतनी आसानी से ?"
"क्यों, ये तो तुम्हारी रिज्यूलेशन से तो फिर भी ज्यादा आसान है।"
"कितना अजीब है न, हम एक ही साथ, एक ही काम करके ऑपोजिट सोच रहे हैं ?"
"नहीं, अजीब तो तब होता जब हम ऑपोजिट होते हुए भी एक तरह से सोच रहे होते।"

"और अब हम बात करते हैं...नीलिमा नाम की इस देश की एक ऐसी लड़की की...जो नोएडा फिल्म सिटी में इन करते ही...पीटीसी करने के बजाए...आँसुओं से अपने को तर-ब-तर कर लेती है।"

"पागल मत बन, निखिल, मैं रो नहीं रही...आँख में कुछ चला गया था।"

"सच नीलिमा, परसों रात को भी जब तुझे यहाँ काँच के भीतर बैठा एक-एक प्रोड्यूसर कमीना लग रहा था, तब भी ? जब तू बोले जा रही थी, रोए जा रही थी...मुझे नहीं रहना इस इंडस्ट्री में, कुछ भी कर लो... सबको मुझसे परफॉर्मेंस नहीं, कुछ और चाहिए..."

"नहीं...उस दिन तो मैं उस बन्दी पर स्टोरी करने जा रही थी जिसके बॉस ने सेक्सुअली हरैस किया तो पीटीसी की लाइन डिसाइड कर रही थी..."

"अच्छा! रोकर ?"

"हाँ, इट्स नॉर्मल! सेंसिटिव स्टोरी करते हुए ऐसा हो ही जाता है...इट्स नॉर्मल!"

"और रात के ढाई बजे के वो एसएमएस—तू नाइट शिफ्ट में मुझे चील-कव्वों के बीच छोड़कर क्यों चला जाता है?"

"वो तो वॉइस ओवर वन (वीओ वन) की लाइन भेजी थी।"

"और वो व्हॉट्सएप्प पे ऑडियो—कुछ नहीं, मुझे तुम्हारे पास आना है। इसके लिए मैं पूरी दुनिया को समंदर में फेंक दूँगी।"

"कमऑन निखिल, वो आशिकी-2 वाली फीलिंग पैदा करने के लिए भेजा था तेको कि ठीक रहेगी न ये ऑडियो, पैकेज में?"

"...अच्छा, तो इन तीन महीनों में तुम सच में रोना भूल गई हो, नीलिमा?"

"भीतर आँसू बचे हों तब तो रोएँ, निखिल...तू भी न, ऐंवें मजे लेने लग जाता है..."

"सौन्दर्य, तुम्हारी कॉल।"
"किसका फोन है, केतकी?"
"स्क्रीन पर नाम और पिक डिस्प्ले हो रही है, खुद ही देख लो।"
"लैंडलाइन वाले सवाल की आदत गई नहीं है न, कूक्कू...ही-ही-ही-ही...हाँ-हाँ...अरे डियर, कैसे भूल जाऊँगा अपनी जान को! तू बता, कैसी चल रही है तेरी यूपीएससी की तैयारी?...मेरा मत पूछो, दस-बारह घंटे की कैमरामैन आसिफ के साथ वाली दिहाड़ी, बाकी पत्नी सेवा...'एटेम्प्ट रहने से क्या हो जाता है, लेने का भी तो समय रहना चाहिए...हाँ-हाँ, अब वो एटेम्प्ट भी कहीं और नहीं बेटे, यहाँ ड्यूटी बजानी होती है...ही-ही-ही-ही...तो सो जा तू अब, हमें तो अभी मैडम की कोतवाली में हाजिरी लगानी होगी..."
"क्या हुआ, केतकी? तुम इतनी अपसेट क्यों हो गई...मैंने तो यूपीएससी एटेम्प्ट की बात की! तुम्हें चीप लगी? चलो, एक बार बोलकर कि

तुम सारे मर्द एक से चीप होते हो...चाहे इनकमिंगवाले हों या आउट गोइंगवाले, गुस्सा थूक दो। सॉरी यार...''

''मुझे तुमसे वैसे भी बहुत सॉबर टॉक की उम्मीद भी नहीं रहती...''

''तो फिर?''

''फिर क्या, तुम्हें मुझसे शादी नहीं करनी चाहिए थी। मेरी वजह से तुम एटेम्प्ट नहीं ले पाते, मैं तुम्हें फँसाकर रखती हूँ। तुमने तीन लाइन बात की, तीनों में किसी न किसी बात की वजह मैं। मेरे कारण आईएएस नहीं बन पा रहे।''

''ओह, कम ऑन कूक्कू...तुम्हें तो खुश होना चाहिए कि मेरी हर बात की वजह अब तुम हो...फिर कलक्टर बन भी जाता, तो भी रहता तो तुम्हारा ही अर्दली न, बोले तो योर पियून, मै'म!''

''इतना भी प्यार करने की क्या जरूरत है, सौन्दर्य, कि मैं तुम्हारी हर बात में बेवजह की वजह बनकर मौजूद ही रहूँ?''

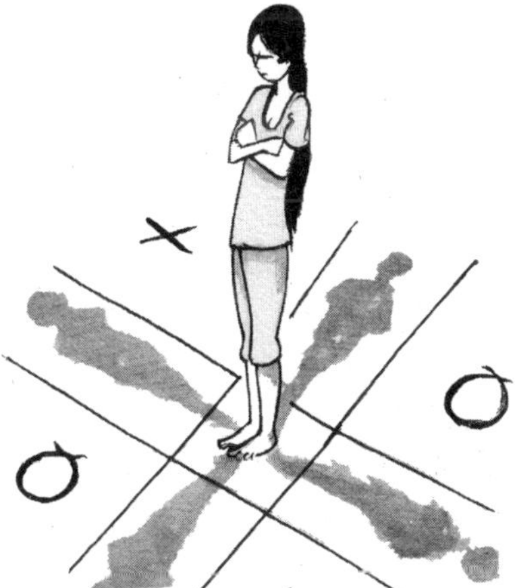

"पता है निखिल, इनपुट की बाकी सारी इंटर्न तुझे किस नाम से एड्रेस करती हैं?"

"नहीं तो, किस नाम से?"

"मिस्टर लेडिज टॉयलेट। ही ही ही ही..."

"तुमने पलटकर कहा नहीं—उसकी गर्लफ्रेंड जब लेडिज टॉयलेट में होती है तो वो वेट क्या जेन्ट्स टॉयलेट के आगे करेगा?"

"मैं उन सबसे ज्यादा मुँह नहीं लगती, सब गॉशिप करनेवाली बन्दियाँ हैं। बेकार में इनपुट हेड तक बात चली जाती।"

"नहीं नीलिमा, तूने इसलिए नहीं कहा होगा कि तब तू भी उन सबके साथ मेरा मजाक उड़ाने में मजा नहीं ले पाती? तूने भी मेरी ही रेड़ पीटी होगी।"

''देख निखिल, सिम्पल-सी बात है...रोज वेट तो करता ही है न टॉयलेट के आगे मेरी...एक-दो तो बोल भी चुकी हैं—यार, एम्बेरेस हो जाती हूँ कई बार...प्रेशर में होती हूँ और भागती हुई घुसने लगती हूँ कि सामने निखिल से नजरें टकरा जाती हैं। तेरा फ्रेंड है, मना करा कर न कि सामने खड़ा न हो। और तुम भी मुझे ही बोल रहे तो! मैं...मैं भला मना कैसे...''

''हाँ, तुम कैसे मना कर सकती हो, नीलिमा, रोज मैं ही तो बोलता हूँ न—निखिल, एक मिनट पकड़ न मेरी बैग, एकदम से प्रेशर आ गया यार...अन्दर नहीं ले जा सकती। बन्दियों ने हेल्ल बना रखा है। सुन, बैग लेके आगे मत बढ़ जइयो...वो असाइनमेंटवाले कमीना शुक्ला सर है न, वॉशरूम से आती इंटर्न को देखकर बड़ी सड़ी-सी स्माइल पास करता है।''

"दुनिया की नजर में अक्षरा आधी दुनिया शो की एंकर है। ऑडिएंस की निगाह में एक ऐसी लड़की है जो अपने सवालों से अच्छे-अच्छे के पसीने छुड़ा देती है, जिसके फैसले को कोई हिला नहीं सकता लेकिन अपनी पर्सनल लाइफ में क्या है, एक हायपर एक्टिव लड़के की कमजोर, दब्बू, आलसी गर्लफ्रेंड...और पूछते हो वजह क्या है?"

"ये सब बातें मैंने कभी तुमसे कहा, अक्षरा?"

"कह देते तो ज्यादा अच्छा होता, लेकिन नहीं। इस हालत में लाकर खड़ा कर दिए कि उसका बॉयफ्रेंड चार दिनों के लिए दिल्ली से बाहर जाएगा तो वो क्या खाएगी, डिसाइड नहीं कर सकती, क्या पहनकर ऑफिस जाए, नहीं पता। बैंक कैसे जाएगी, कोई आइडिया नहीं...कोई घर पर आ जाए तो क्या बात करेगी, नहीं मालूम? उसे छिपकली भगाने के लिए अक्षत चाहिए। डिनर टेबल के आगे अक्षत चाहिए,

रोटी का टुकड़ा मुँह तक पहुँचाने के लिए अक्षत चाहिए। जूते की लेश बाँधने के लिए अक्षत चाहिए, ब्रा की स्ट्रैप ठीक करने तक के लिए अक्षत चाहिए...''

''मैं एक्सेप्ट करता हूँ कि चार दिन बाहर चला गया तो तुम्हारी लाइफ अस्त-व्यस्त हो गई, घर-शो, ऑफिस सब...लेकिन इत्ती-सी बात से ब्रेकअप की सोचने लगोगी?''

''तुम्हें ही तो ये सब अच्छा लगता था न करना...तुमने ही तो कहा था इससे प्यार बढ़ेगा।''

''कहा था, पर इतना कि जिसके बिना मैं दस कदम अकेले चल तक नहीं सकती। खा तक नहीं सकती। क्या करूँगी ऐसी रिलेशनशिप में रहकर, यार, जो हमें मरीज बना दे। तुम मेरा प्यार नहीं पेनकिलर हो। पेनकिलर के भरोसे पूरी जिन्दगी नहीं काटी जा सकती, अक्षत। कुछ नहीं, मुझे अब अपने पैरों पर खड़ा होना है, बस...''

“यार, तू न मुझे ऑफिस ऑवर में तीन–चारी बार रोज कॉल करा कर।”

“क्यों, तुमने ही तो मना किया था न कि मैं एम्बेरेस हो जाती हूँ। मेरी फ्रेंड्स मजाक उड़ाती हैं—भूमिका का बॉयफ्रेंड इसे कस्टमर केयर समझता है।”

“हाँ, बट अब चुड़ैल सब फील करती हैं कि तू मुझे मिस नहीं करता है ऑफिस टाइम पे।”

“तो अब तुम्हारे साथ तुम्हारी फ्रेंड्स की भी फीलिंग्स की चिन्ता करूँ... ?”

“सन्दर्भ, कर ले न, थोड़ी–सी...क्या चला जाता है ?”

“जाता तो कुछ नहीं है, पर तुम्हारी फ्रेंड्स ये सब भी नोटिस करती हैं ?”

“करती क्या हैं, मेरे से एक–एक चीज पूछती रहती हैं, यार, लास्ट टाइम कब एन ऑल दैट...”

“तुम अपनी इतनी पर्सनल बातें उनसे शेयर करती हो, भूमि ?”

“तो क्या हो गया, जो सच है, तो है...”

“वो तो तुम्हारी तरह इतनी बेवकूफ नहीं होंगी, बताती हैं अपनी ये सारी बातें, अपने बॉयफ्रेंड की ?”

“उनकी जो इतनी बातें होती ही अपने बॉयफ्रेंड से तो मेरे मोबाइल पर तेरे कॉल का इन्तजार करतीं, सन्दर्भ ?”

दोनों फर्स्ट हाफ की न्यूज़रूम की बेचैनी लंचटाइम में वीडियोकॉन टावर से निकलकर पीछे के श्मशान में जाकर निकालते। एक तरफ मुर्दे से धुआँ उठता और दूसरी तरफ दोनों के सपनों के छल्ले बनने शुरू हो जाते। न्यूज़रूम में एक के बाद एक मरती खबरों से छिटककर जलते मुर्दों को देखना ज्यादा बेहतर लगता। वैभव पहुँचते ही शुरू हो जाता, दोपहर तक की बड़ी खबरों को लेकर पीटीसी करता—'कहते हैं जुर्म की सरहदें नहीं होतीं लेकिन आरती के साथ जो कुछ भी हुआ वो खुद इस सरहद को जुर्म होना करार देती है। कैमरामैन आसिफ के साथ, वैभव, दिल्ली, आजतक।'

रति ठहाके लगाती—'वैभव नहीं, पागल, कैमरामैन आसिफ के साथ जूनियर शम्स, दिल्ली, आजतक।'

रति पीटीसी को लेकर कूल रहती, घटनाओं में भी कविता खोजती... जामिया की क्लास में जितना पढ़ा, उसके लिए अब सब पीटीसी मटीरियल हैं। कुछ नहीं तो बशीर बद्र काम आ ही जाएँगे... आरती के साथ जब ये सब हो रहा था तो वो चीख-चीखकर लोगों से मदद की गुहार लगा रही थी, लेकिन...

घरों पे नाम थे, नामों के साथ ओहदे थे
बहुत तलाश किया कोई आदमी ना मिला।
कैमरामैन आसिफ के साथ, रति, दिल्ली, आजतक।

# डिजिटल रोमांस
# फ़ेसबुक ऑक्सीजन
# धड़कनें व्हॉट्सअप

"तुम्हें कॉफी तो पसन्द है न?"

"कॉफी! तुम्हें पता है, मैं जब भी बीमार होती हूँ न तो डॉक्टर से स्लाइन नहीं, कॉफी चढ़ाने को बोलती हूँ।"

"ग्रेट, तो फिर डन। मिलते हैं शाम को बरिस्ता, सीपी में।"

"ऐसी धाकड़ ग्रीन सिग्नल के बाद तो बस मिलना ही बाकी रह जाता है।"

अक्षत ने मन ही मन तय किया—कहना कुछ नहीं है। बस राजीव चौक मेट्रो स्टेशन पर ही चटाई बम की तरह लिपट जाना है। एफबी पर उमड़ी महीनों की ये फीलिंग्स बरिस्ता में बीड़ी बम की तरह फूटेंगे। इंटरनेट की स्लो स्पीड में अक्षरा के जवाब का इन्तजार तक न किया अक्षत ने और 4-जी की स्पीड में सब सोच लिया।

इनबॉक्स में वो आगे कुछ टाइप करता कि अक्षरा ने भेजा—'अच्छा है न अक्षत कि फेसबुक की ये बातचीत हमेशा के लिए एक याद बनकर रह जाए, एक खूबसूरत फ्लर्ट। इंटरनेट की स्पीड 10-जी भी हो जाए तो ये यादें बफरिंग करती रह जाएँ, बस।"

वो जिस गहराई से पन्नों में उतरती जा रही थी, आकाश उसके मन से उतनी ही तेजी से उतरता जा रहा था—'रियली, कौन से सिम्प्ट्म्स नहीं मिलते हैं आकाश के...टिपिकल फ्यूडल माइंड सेट का मर्द निकला ये भी। रिलेशनशिप के नाम पर अब तक किस दलदल में घुसती जा रही थी! थैंक गॉड, इस कमीने की इस गिफ्ट ने बचा लिया।'

पिछले चार घंटे में वो इमोशंस की कितनी यात्राएँ कर चुकी है इसी कुर्सी पर बैठे–बैठे। इस बीच मिस्ड कॉल, मैसेज, व्हाट्सअप, एफबी पिंग के सिम्बल ने छलनी कर दिए थे मोबाइल स्क्रीन को।

'आकाश, अब मैं और तेरा फोन कॉल पिक करूँगी, मैसेज करूँगी ?... स्साले, तूने मुझे इमोशनली जित्ता हर्ट किया है, फॉर गॉड शेक, कोई और होता न, तो...'

'मैडम फेमिनिस्ट! उम्मीद है कि आपको मेरा दिया ये बर्थ डे गिफ्ट पसन्द आया होगा और आप जो कहती आई हैं कि इस दुनिया में सारे मर्द एक– से कमीने होते हैं, इस किताब की मुहर लग चुकी होगी...इस लिहाज से मैं भी उन्हीं कमीनों में से एक हूँ...विद लव, आकाश।'

'फक्क ऑफ यार, आखिर तुम लड़कों की प्रॉब्लम क्या है, हम लड़कियों को किसी नतीजे पर पहुँचने क्यों नहीं देते ?...'

वैशाली किताब के आखिरी पन्ने तक पहुँचकर भी पहले पन्ने पर लौट गई थी।

"प्रखर, ये देख न...हमने जो दोपहर में साथ वाली पिक अपलोड की थी न, पानी में पैर डालकर मस्ती करते हुए, अंकल ने वो पिक लाइक की है।"

"तो इसमें इतनी एक्साइटेड क्यों हो रही हो? पापा कल ही तो एफबी पर आए हैं, कर दिया होगा...उन्हें एफबी की लाइक गेम कहाँ पता?"

"हाँ...पर सब तो नहीं किया न और फिर तेरे इनबॉक्स में इसकी वजह भी तो बताई।"

"क्या?"

"तुम खुद पढ़ो न..."

'ये तुम्हारी दोस्त के पैर पानी में डूबे हैं, पर आँखें तुझमें; पिक इसलिए लाइक की, बेटा।'

"माय गॉड, मैं ब्लश से मरी जा रही हूँ...मैं सोच भी नहीं सकती कि तू इतने बड़े रोमांटिक डैड की ड्राई सन्तान है? आंटी की तो लॉटरी लग गई होगी, यार, जब उन्होंने हाँ करा होगा?"

"मैं ड्राई हूँ, पलक, इतना लुटता-पिटता रहता हूँ तुम्हारे पीछे तब भी?"

"वो तो है, अभी चाहे जितनी सेंटी मार ले...नहीं तो उस मोमेंट में ये नहीं पूछता—पता नहीं, आज भी प्लम्बर आएगा कि नहीं...जहाँ तेको अटकना था वहाँ जाकर अंकल अटके...काश! अंकल वो बात तेको इनबॉक्स न करके मेरी कमेंट बॉक्स में डालते।"

"क्या हुआ, स्तब्ध, तू मेरी लैप्पी एक्सेस करके इतना अपसेट क्यों हो गया? यार, मैं भी तेरी तरह एडल्ट हूँ, उस टाइप की एकाध चीजें तो रहेंगी ही न।"

"तुम मुझे इतना मीन समझती हो, रिक्तिका...तुम्हें पसन्द है देखना तो मुझे इसमें अपसेट होने का क्या मतलब?"

"तो फिर... ?"

"इन दिनों तुम रियल एस्टेट पर स्टोरी कर रही हो क्या?"

"नहीं तो, इसलिए मैं तेको अपनी लैप्पी नहीं देती...जानती हूँ, तू उससे कब्र की तरह पता नहीं क्या-क्या सवाल निकालने लग जाएगा...एनीवे, मैं अभी भी ह्यूमन राइट्स कवर करती हूँ।"

"लेकिन ये नाइंटी नाइन एकड़ डॉट कॉम, मनी कंट्रोल डॉट कॉम... ? तुम्हारी ब्राउजर तो इन्हीं सबकी हिस्ट्री से भरी है...हमने तो डिसाइड किया था न, रिक्तिका, कि कभी फ्लैट नहीं खरीदेंगे, प्रॉपर्टी में इन्वेस्ट नहीं करेंगे, जमीनी हकीकत के बीच रहकर जिएँगे, फिर भी...

"पता है तेरे साथ क्या दिक्कत है, स्तब्ध? पहले न तू मुझे एम्प्रेस करने के चक्कर में हर बात में अपनी पर्सनल लाइफ पेल देता था...तुम्हारी स्ट्रगल की कहानी के आगे सब फेल और अब पर्सनल लाइफ में मेरी हर प्रोफेशनल डिसीजन...मैं टैक्स सेविंग के लिए एफर्ट लगाती हूँ तो इससे तेरी राजा हरिश्चन्द्र बनकर श्मशान से अखबार निकालने वाली कमिटमेंट कहाँ खत्म हो जा रही है? वैसे सच कहूँ, जिन्दगी की ब्राउजर बदलते देर नहीं लगती, स्तब्ध।"

"अब दिमाग मत चाट मेरा, अक्स, चल भाग जा यहाँ से। जिस बन्दे को चार घंटे में एक बार न व्हॉट्सअप करने का मन किया न एफबी पर पिंग करने का, उससे क्या बात करूँ?"

"सॉरी छवि, थोड़ा बिजी था, यार...समय का पता ही नहीं चला। देख तेरे लिए भागकर ओला कैब से आया हूँ, इसकी तो इज्जत रख ले...बात करो न मुझसे।"

"बिजी? अब कौन-सा पेपर आ गया?"

"पेपर नहीं, मैं तो तुम्हारा ही रीविजन कर रहा था।"

"मेरा रिविजन, क्या मतलब?"

"यही कि तुम कैसे कॉफी सिप लेती हो, सेल्फी मोड में फोन को आईना बनाकर कैसे लिपिस्टिक लगाती हो, जींस की जिप लगाना अक्सर भूल जाती हो और फिर नीचे पेन गिराकर बन्द करती हो...यही सब।"

"तो तू ये सब इतनी जल्दी भूल जाएगा, इस डर से रीविजन करना पड़ता है।"

"क्या करें, छवि, इश्क़ के सिलेबस इतने छोटे और सेमेस्टर इतने लम्बे हैं कि बस रीविजन ही करना रह जाता है...देखो न तुम भी तो उसी छोटे से सिलेबस में बार-बार दुनिया-भर के सवाल पूछती हो और मैं भी इसी से रोज नए जवाब तलाशता हूँ न...फिर भी डर तो लगा ही रहता है न, क्या पता कब फेल कर जाएँ।"

"तुझे यूपीएससी करनी थी, श्वेत, नहीं न...लेकिन अंकल-आंटी का मन रखने के लिए हर बारी फॉर्म तो भर ही देता था। बस समझ ले वैसे ही।"

"यूपीएससी का फॉर्म भरने और रिलेशनशिप में रहते हुए भी मेट्रिमोनियल साइट पर प्रोफाइल लगाने में कोई फर्क नहीं है, नजर?"

"फरक है, बट मैं अपने बिट्टू मामा को तो नहीं समझा सकती न। उन्हें ही ऐसा घर चाहिए जहाँ उनकी दीदी की बेटी राज करे।"

"बिट्टू मामा को समझ नहीं आती एफबी की तस्वीरें, लाइक तो वो भी करते हैं हमारे साथ की पिक?"

"हाँ, बट उन्हें लगता है कि हम दोनों सिर्फ अच्छे दोस्त हैं।"

"और तुम्हें, तुम्हें क्या लगता है, नजर?"

"डर लगता है।"

"किससे, बिट्टू मामा से ये कहने से कि हम और श्वेत पिछले दो साल से पति-पत्नी की तरह रह रहे हैं?"

"नहीं...!"

"तो फिर?"

"इस बात से कि पति-पत्नी की तरह रहकर भी हम सिर्फ अच्छे दोस्त नहीं रहे तो?"

"रिषिका, तुमने अभी डिनर तो नहीं किया न?"
"सेवन थर्टी पे डीयू की कौन सी मेस शुरू होती है, विस्मय..."
"वही तो...मैं आधे घंटे में पहुँच रहा हूँ तुम्हारे हॉस्टल गेट पर।"

... ... ...

"गरम है, रिषि, ध्यान से पकड़ो।"
"लाए क्या हो, पहले ये तो बताओ।"
"खास मौके पर क्या लाता है विस्मय तेरे लिए?"
"ये तो वही मल्कागंज वाली बिरयानी लग रही है...पकड़ो इसे तुम।"
"क्यों, क्या हो गया, रिषि?"
"आज कौन सा दिन है?
"आज तुम्हारा हैप्पी बर्थ डे है, बेबी।
"हैप्पी बर्थ डे? वीरवार है, वीरवार। तुझे कुछ याद भी रहता है, यार, वीरवार को मैं बिरयानी क्या प्याज-लहसन तक टच नहीं करती।"
"एक जरा-सी फीलिंग्स नहीं है मेरी फेथ को लेकर।"
"सॉरी बेबी, तुम अपनी एक बर्थ डे मेरे से माइनस कर लो।"
"क्या कर लूँ माइनस तेरे से?"
"कुछ नहीं, बस मुझे व्हॉट्सअप कर दो...सॉरी विस्मय, आज मैं दिल्ली में नहीं हूँ। कल मिलते हैं।"

# रीटेल इमोशंस
# खुदरा-खुदरा प्यार

वह गिल्टी फील कर रही थी कि उसने पता नहीं किस अंट-शंट में उसके तीन घंटे बर्बाद कर दिए। कुछ नहीं तो इतनी देर में वह कुछ और पन्ने पढ़ लेता। डेढ़ घंटे की वह मुलाकात जो हमेशा के लिए एक खूबसूरत फुटनोट बननी थी, वह करीब तीस बार के "तुम्हें डिस्टर्ब कर दिया न" के बोले जाने से भारी हो गई थी।

"अक्षत, अब तक तुम कम-से-कम बीस पेज और पढ़ लेते न, जो मैं न आती?"

वह किताबों और नोट्स की दुनिया से छूटकर इस मुलाकात में फ्यूचर कलर भरने की उम्मीद कर रहा था और यह उसे फिर से पन्नों के अम्बार की तरफ धकेल रही थी...

"अब मैं चलूँगी"—अक्षरा के इतना कहते ही कमरे का माहौल अचानक से एकदम सन्न हो गया...बेआवाज...

मुलाकात सच में इतनी तकलीफ देती है क्या!

मम्मा, ऐसा क्या लिखा है इस नोटबुक में कि आप अकेले स्माइल किए जा रही हो?''

''कुछ नहीं, लिली बेटा, ले, तुई पढ़ न!''

हेयर कटिंग, कार सर्विसिंग और दोपहर में लिली से लड़ाई...

वर्क लिस्ट में बाकी सब कामों के साथ 'लिली से लड़ाई' पढ़कर उसका तो पारा गरम हो गया।

''फक्क ऑफ! ये चोट्टा, ये...मेरे से लड़ाई भी प्लान करके करता है! तभी हर बात की विद डेट रेफरेंस हुआ करती है...ओह नो!''

''तू तब से क्या बोले जा रही है, लिली, खुद से ही?''

''कुछ नहीं, मम्मा, आपके लाड़ले को न्यूज़ चैनल में नहीं, प्लानिंग कमीशन में होना चाहिए था। वो आज मुझसे दोपहर में लड़ेगा, इसकी प्लानिंग भी उसने रात से कर रक्खी है।''

''लिली बेटा, अतिरेक मेरा लाड़ला है और तुम्हारा कुछ नहीं? मैं बोला करती हूँ फोन पर उसके लिए—माय बेस्ट हाफ! मैं डिनर टेबल पर बोलती हूँ—मम्मा, आप रहने दो न, मैं और अतिरेक एक ही प्लेट में खा लेंगे! बोल बेटी? उस वक्त तो मेरा लाड़ला यह भी भूल जाता है कि इसी मम्मा के समोसे के आलू छोड़कर पूरी पापड़ी खा जाया करता था और अक्सर आइसक्रीम का आधे से ज्यादा हिस्सा...अब तो मेरे लिए पूरी आईसक्रीम लाकर भी मुझे तो आधा ही कर जाता है न, लिली बेटा...''

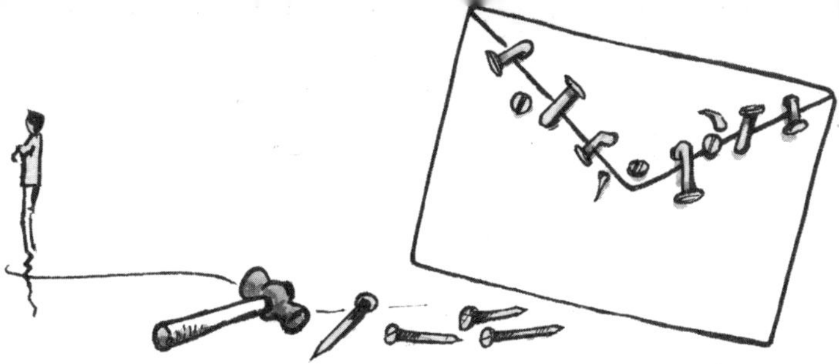

'लव यू डियर...मिसिंग यू ए लॉट...तेरे हाथ की बनी भिंडी... अगली बार यादों के साथ उँगलियाँ भी छोड़ जाना...' मैसेज पढ़कर तो एक बार को लगा कि जाकर गला दबा दूँ...नहीं, आज लव यू टू नहीं लिखना है। बहुत हो गया...अब सीधे फोन।

"स्साले, तूने समझ क्या रखा है! घरवाले के हाथ में मोबाइल चला गया तो पता है तेको—कच्चा चबा जाएँगे हमें?"

"सॉरी, नाराज हो गई, अभी तक सोई नहीं?"

"नहीं, तेरे इस मर-मिटनेवाले मैसेज को पढ़े बिना नींद कहाँ आती है...आदत हो गई है।"

"तुम सच कह रही हो। पता है, मैं भी ऐसा ही फील करता हूँ।"

तुझे शर्म नहीं आती है, कमीने, इस तरह से बात करते हुए? शुरू-शुरू में अच्छा लगता था, लेकिन बिलीव मी, अब इरिटेशन होती है...बन्द करो ये बकवास अब।"

"और तुम मेरा विश्वास करोगे...कैब में बैठते ही गुड़गाँव से लव यू, मिस यू, कमिंग बेबी—जो शुरू होता है, पांडवनगर तक नॉनस्टॉप चलता है। दिमाग में कन्टीन्यू पॉप अप होते रहते हैं ये सारे शब्द...तब बड़ा अनाथ टाइप फील करता हूँ इस वक्त, यार...लेकिन जब दुत्कारने के लिए ही जबरदस्ती पटना से खींचकर गुड़गाँव की इस कम्पनी में सेट कराए थे तो...जाने दो, अब से मैसेज नहीं करूँगा। तुमको रोज मैसेज भेजने से तो लाख गुना अच्छा वही लाइफ था कि हम अशोक राजपथ पर डोलते रहते थे..."

"पूरी छप्पन की होकर भी—लक ट्वंटी एट कुड़ी दा, फोर्टी सेवन वेट कुड़ी दा—पर डांस करती, किनारा, तुम कितनी हॉट लग रही थी, माई गॉड।"

"मैं हर बात में तुम्हारी तरह सेक्शन ऑफिसर नहीं बनी फिरती, लकीर, जो मुझे अच्छा लगता है, करती हूँ।"

"तो मैंने कहाँ कुछ कहा, किनारा...मैं तो बस ये कह रहा था कि तुम्हारे दोस्तों ने कितना खींचा डांस फ्लोर की तरफ लेकिन तुम हिली तक नहीं और ये गाना बजते ही, खुद ही...और वो टमी अन्दर करती हुई ऑऽऽऽवाली स्टेप, मैं तो पागल ही हो गया था टचवुड।"

"लकीर, पहेलियाँ क्यों बुझाते रहते हो हर बात में। सीधे-सीधे कहो न कि मैं ओवरवेट हूँ, टमी निकल आई है, बेकार दिखती हूँ फिर भी जबरदस्ती, एटेंशन सीकर बनी फिरती हूँ।"

"बाप रे, तू अपने बारे में कितना कुछ जानती है...एक मैं ही लल्लू हूँ कि तुझे लेकर जीएस गोल है और हरदम बस ये फील करता हूँ कि फिफ्टी सिक्स की हो जाए या एक क्विंटल की, टमी चाहे पटना का गोलघर हो जाए या नेहरू तारामंडल। ये किनारा तब्ब भी लकीर को अपनी ओर खींचती रहेगी।"

"शर्म नहीं आती है, लकीर तेको, एक तरफ इन्सल्ट करते हो और दूसरी तरफ फ्लर्ट भी..."

"और तुझे शर्म आती है, किनारा, बात-बात में मेरे मुँह पर अपनी नागिन-सी बाल लहराते हुए! पार्टी में मेरी आँखें तुममें डूब जाती हैं और तब भी तुम्हारी नजरें मेरे कपार पर ही तैरती रहती हैं..."

"कुछ नहीं, इसने अपनी ब्रेक अप की कहानी सुनाई, मैंने अपनी ब्रेकअप की कहानी सुनाई...हमें एक दूसरे की कहानी सच्ची लगी, यकीं किया और बस हो गया हमें प्यार।"

"सस्वर, मजाक मत करो...बताओ न आपने कैसे शृंखला को एम्प्रेस किया? आई मीन शृंखला आप तो कुछ बताओ।"

"सस्वर सही कह रहा है, नजर...हम दोनों के बीच प्यार की वजह एक-दूसरे की ब्रेकअप की कहानी का सच्चा लगना ही था...ये तो एक-दूसरे को बाद में अच्छे लगने लगे।"

"मतलब सस्वर, आप दोनों का पहले से ब्रेकअप नहीं हुआ होता तो रिलेशनशिप में नहीं आते।"

"शायद नहीं, नजर, क्योंकि तब हम शायद इतने सच्चे नहीं होते, ब्रेकअप के डर से कुछ न कुछ छुपाते, नहीं भी तो कम-से-कम इतना खुल नहीं पाते।"

"ग्रेट, सस्वर सही कह रहे हैं, शृंखला? आई कांट बिलीव दिस।"

"नजर, मेरे ख्याल से तुम्हें या तो मेरी कहानी पर यकीं नहीं हो रहा या फिर हमारी रिलेशनशिप पर, क्योंकि तुम्हें अभी भी लगता है कि प्यार ओटीपी (वन टाइम पासवर्ड) है!"

“मैंने ? मैंने माँगा कि ओ मेरे ख्वाजा, जब भी मैं इस्माइल से बात करूँ, नेटवर्क बिल्कुल टंच हो और कभी कॉल ड्रॉप न हो।”

“मजाक मत कर, हुनर, बता न क्या माँगा, तू बताएगी तो मैं भी बताऊँगा।”

“मेरी इंटरेस्ट है ही नहीं कि तूने क्या माँगा, हाँ ये तो कंफर्म है कि मैंने तुझे नहीं माँगा ख्वाजा जी से।”

“तुझे याद नहीं है, चलते वक्त प्रभात सर ने समझाया था कि अजमेर शरीफ की दरगाह जाकर एक बार में एक ही चीज माँगना, उससे ज्यादा एक्सेप्ट नहीं होएगी।”

“खैर, लीव इट, चेंज दि टॉपिक। तुझे बुरा लगा कि मैंने अपने प्यार को नहीं माँगा”

“नहीं तो...”

“तो फिर तेरी आँखें तुझे डिच करने लगी हैं?”

“नहीं लगी बुरी, हाँ ये बुरा जरूर लगा कि मैंने क्या माँगा, तू ये भी नहीं जानना चाहती?”

“तू मेरी जूठी मटन की हड्डियाँ चूसा करता है, बची हुई बंटा पी जाता है तो मेरे हिस्से की मन्नत...मैंने छोड़ दी, वो भी तो...क्या करूँगी अलग से पूछकर।”

"तुम्हारी यही आदत मुझे एक जरा पसन्द नहीं आती?"
"कौन सी आदत मेला पुचकु?"
"क्या है ये?"
"कुछ नहीं, गाल के नीचे रंग हैं थोड़े...तो क्या हो गया इससे?"
"गाल के नीचे सिर्फ, और थोड़े हैं? नहाकर सोया था, अब फिर नहाऊँ शाम को?"
"तो क्या हो गया, नहा ले न एक बार और... फ्रेश हो जाएगा।"
"सुबह इतना उछल-उछलकर लगाया तो मन नहीं भरा था तेरा...अरे, तुमने तो नई लोअर भी ख़राब कर दी।"
"दिन में तो लगे पर लगाया था मेरा पुचकु...पता नहीं किस-किसने लगाए होंगे? उस पर पता कहाँ चलता भूमिका का रंग कहाँ है...गर्लफ्रेंड जब तक नदिया के पार वाला रंग न लगाए न, होली अधूरी रहती है... गुस्सा मत कर, ले...मुझे भी लगा दे। मैं भी नहा चुकी हूँ...बदला पूरा हो जाएगा...ले न।"
"नहीं।"
"बट क्यों?"
"मैं इन छूटनेवाले रंगों में यकीं नहीं करता।"
"सेंटी स्साला, मौका मिला नहीं कि ज्ञान पेल देगा। मैं कौन-सा यकीन करती हूँ लेकिन इस छूटनेवाले रंग से अपने वो रंग और गाढ़े हो जाएँ तो क्या बुरा है, यार..."

"हाथ छोड़िए मेरा, मिस्टर सुनील, ये क्या करने लग गए सुबह-सुबह। जब पकड़ना था तब तो पौधे में पानी पटाने चले जाते थे...अब क्या होगा ये सब करके?"

"पौधे में ही पानी पटाने से ही तीन बच्चे हो गए, मिसेज शालिनी?"

"नहीं, पर अब इस उम्र में ये सब, अच्छा लगता है?"

"अच्छा लगने की भी उम्र होती है?"

"बुरा लगने की तो होती है न?"

"कौन सी?

"सिक्सटी फाइव..."

"और जो मैं प्रूव कर दूँ कि मैं रिटायर नहीं हुआ तो?"

"तो मैं सोचूँगी कि..."

"क्या?"

"कि आप सत्ताईस साल का मुआवजा इन बचे-खुचे दो-चार साल की जिन्दगी में भरने की कोशिश कर रहे हैं?"

"ये क्या बचपना है! मेरी दो डोज की टेबलेट बर्बाद कर दी।"

"आपकी दो डोज ही तो खराब हुई लेकिन मेरा हार तो बन गया। आपको पता है इस हार में जिन रंगों के टैबलेट मैंने लगाए हैं, उस रंग के स्टोन कहीं नहीं मिलेंगे।"

"हा हा...हार बन गया...बिस्तर पर बनाए इस हार को पहन भी सकेंगी आप?"

"पहनना! मैंने तो बस फेसबुक पर पोस्ट करने के लिए बनाया है।"

"आपके भी गजब बच्चोंवाले शौक हैं इस उम्र में भी।"

"उम्र तो मेरी ढल गई न, शौक तो उसी उम्र में ठिठका रहा।"

"क्या हो जाएगा इससे?"

"क्या हो जाएगा, मिस्टर बृज, लोग लाइक करेंगे, मेरी बेटियाँ मेरी इमैजिनेशन की दाद देंगी।"

"और लोग मेरा मजाक भी तो उड़ाएँगे?"

"क्यों, आपका मजाक क्यों उड़ाएँगे?"

"कहेंगे न कि पत्नी को तो हार पहनने की इच्छा रहती ही थी, हसबैंड के दबाव में कभी खरीद नहीं पाईं।"

"आप मेरी इस चुहल को इतना सीरियसली लेते हैं, मिस्टर बृज?"

"मेरे लेने, न लेने से क्या होता है, वृन्दा, आपकी इस चुहल से टेबलेट की भाषा तो नहीं बदल जाएगी न!"

# अब आपकी बारी

'इश्क़ में शहर होना', 'इश्क़ में माटी सोना' और अब 'इश्क़ कोई न्यूज़ नहीं'...ऐसा लग रहा है, मैं एक कलाकार के साथ-साथ किसी प्रयोगशाला का कर्मचारी भी हूँ, जो आगे से आ रहे इश्क़ के नमूनों की जाँच-परख कर अपने हिसाब से एक रिपोर्ट आगे बढ़ा देता है! कितने ही रंग...कितनी ही परतें? कई परतों को खुरचने से पता चला, इसका रंग तो अभी भी गीला है! 'इश्क़ एक शहरी को अच्छा नागरिक बनाता है', 'इश्क़ की चुप्पी भी मुक्तिबोध की कविता कह जाती है' और एक का कहना कि 'प्यार में किसी एक एक्साइटमेंट को मारना होता है'! पहले एक ही प्यार में बदलते माहौल को देखा, फिर एक ही माहौल में बदलते प्यार को देखा! हम वहीं खड़े हैं और इश्क़ का रंग बदल रहा है...फिर लगा कहीं ऐसा तो नहीं इश्क़ वहीं खड़ा है, और हम ही बदल रहे हों? विनीत जी के लेखन में इसी सफ़र का आभास होता है! इश्क़ में सिर्फ हाँ या ना नहीं होता, इन कहानियों की ज़िन्दगी उसी ग्रे स्पेस की है! सेल्फी के इस जमाने में किसी एक तस्वीर को दिल का कवर फोटो बना लेना कितना मुश्किल हो गया है! इन कहानियों में साफ नजर आता है! या तो वो सफेद और काले रंग से ऊब गए हैं, या इन दोनों रंगों से डरे हुए बैठे हैं! परिस्थितियाँ कैसी भी हों...जीना और पाना वो 'इश्क़' को ही चाहते हैं! वैसे भी सात रंगों की तेज रफ्तार में हमेशा एक ही रंग रह जाता है—'सफेद'...!

आभार विनीत जी का और उनके लेखन का...आभास हुआ कि यह आज का इश्क़ नहीं...आज में खड़ा इश्क़ है! आभार सत्यानन्द जी का, राजकमल का और 'लप्रेक' परिवार का, आपके विश्वास और प्यार के लिए! कितना सफल हो पाया यह तो आप ही बताएँगे! इन कहानियों की परिपक्व नादानियों को रेखाओं में मैं तो ढाल चुका, अब आपकी बारी...

**विक्रम नायक**

10 जनवरी, 2016

नई दिल्ली